毛泽东同志《沁园春·雪》原韵

$\frac{4}{4}$

(3333│6666│2 35│1· 3│2135│6 —)│1·

不夜京都，铺地琼花飞雪

2312│3 —│3 —│1612│3 2│1 61│5 35│6 —│6 5│1 6│3613│
竞　飘。　　见城乡佳景，茫茫一　片；晶莹玉洁，四野弥

2 —│1· 2│3 3│5· 3│1 6│1612│6 35│3·5│3 2│3 —│
漫。如来棋盘，六街布阵，大厦层楼拔地高。星辰近，

36│2 12│3 —│1613│2 —│2· 1│2 35│3 —│3 —│6 21│323│
正整修营造，壮美婀娜。春明显现千　娇，盖世气精英

2321│6 —│1 61│2 3│2135│3 —│3523│2 1│6 5│6 —│1 1│
俱直腰。自革新开放，繁荣经济，顶峰科技，镜赋诗　强。华夏

656│1165│3 —│2 35│3 12│1 65│6 —│3612│3 —│1 61│353│
中兴和平崛起，锦绣征程万里雕。诸行业，荐百家魁首，

2 35│3216│1 —│3612│3 —│1 61│353│2 35│3235│6 —│6 —‖
日耀睎朝。诸行业，荐百家魁首，日耀睎　朝。

倪阖集

杨太生 著

线装书局

图书在版编目（ＣＩＰ）数据

凭阑集/杨太生著. －北京：线装书局，2008.5
ISBN 978-7-80106-780-7

Ⅰ.凭…… Ⅱ.杨…… Ⅲ.诗词－作品集－中国－当代
Ⅳ.I227

中国版本图书馆CIP数据核字（2008）第059728号

凭　阑　集

作　　者：杨太生
责任编辑：崔建伟　初　仁
出版发行：线装书局
　　　　　地　　址：北京鼓楼西大街41号（100009）
　　　　　电　　话：010-64045283
　　　　　网　　址：www.xzhbc.com
经　　销：新华书店
印　　制：北京华正印刷有限公司
开　　本：880mm×1230mm　1/32
印　　张：6
字　　数：45千字
版　　数：2008年6月第1版　2008年6月第1次印刷
印　　数：1～2000册

定　　价：26.00元

序 一

马 曜

　　古典诗词以高度的艺术概括、丰富的艺术想象、简洁、凝练、生动、鲜明、优美的语言，和谐的节奏、韵律，它的艺术感染力和美学表现形式，至今仍然得到人们的喜爱和继承，而且产生不少佳作，太生同志就是其中的一位。中国文化出版社出版的他的《晚路集》，共收入诗词四百余首，其中大多被全国九十余种报刊和集子发表或收录。继而又陆续创作《晚路集》续集《凭阑集》三百首。

　　在中国五千多年的历史长河中，无论在古代、近代或现代，都涌现出了众多的辉煌历史人物，他们在创造人类物质文明和精神文明、推动社会的不断进步方面，都作出过不同的卓越的乃至巨大的贡献。太生同志《凭阑集》"百人吟"，怀着对历史上杰出人物的景仰和缅怀，用律诗的表现手法，热情讴歌了包括政治、军事、文化、医学、水利各个领域，各个不同时代历史人物的丰功伟绩。

　　历史事件是历史的主要组成部分，有的历史事件是推动历史社会前进的动力，有的历史事件则阻碍社会、历史向前发展。但历史总的发展规律是光明的战胜腐朽的，正义的战胜邪恶的，前进的战胜倒退的，不论道路多么迂回曲折，人类社会总是要向前发展的。太生同志的"百事吟"用词的形式来表现历史事件，对推动人类社会进步的历史事件给予了热情的赞颂；对阻碍人类社会进步，危害人民的历史事件，给予了无情的鞭挞。

我国地域宽广，东西南北温差很大，植物种类繁多，各种花卉美不胜美，又有从国外不断引进的优良品种，更是锦上添花。种植花卉，不仅有巨大的经济价值，而且可以美化环境，陶冶人们的性情，培养人们的高尚情操，丰富人们的文化生活，有的则象征着人们的高贵品性。太生同志的"百花吟"，以其细腻、生动的笔调，描绘出各种花草的"灵"、"秀"、"美"和千姿百态，犹如一个盛开的百花园，万紫千红，给人一种美的享受。

太生同志在诗词这块艺术园地里笔耕不辍、勤奋创作，不断有新作问世。《凭阑集》有史、有人、有花，品评历史，写景咏物，情景交融。这是与他丰富的历史知识、强烈的爱国主义情怀，对大自然的热爱，一定的艺术功底相联系的。太生同志与我同乡，今嘱为序，谨以此为序。

2005年11月8日于昆明

序 二

　　我与太生是初中时的同学，而且是几个最要好的同学之一。我们在点苍山下、洱海之滨的大理喜洲五台中学（后改名大理二中）共同度过了三年难忘的少年时光。我们同声唱着"南诏史城，五台峰前"的校歌，一起温习功课，节假日相约游览蝴蝶泉，中秋夜一起在皎洁的月光下荡舟洱海。五台峰升起的白云，诱发着我们的幻想；万花溪流来的清泉，洗涤着我们的灵魂；蝴蝶泉的蝴蝶，花甸坝的花甸，使我们想到，生活和自然是多么五彩缤纷。当时还是新中国成立前夕，我们还一起办诅咒黑暗、向往光明的壁报，并在远处传来的黎明的炮声中，先后参加了中共地下党的外围组织"民青"……

　　1952年7月至9月，云南全省的高中毕业生集中到昆明西山补习功课，组成"云南省高中毕业生升学学习团"，参加解放后全国第一次统一高考。我们又有机会常常见面。他考入四川大学法律系（后来院系调整为西南政法学院），我考上武汉大学中文系。毕业后，他去了西安，后调北京，长期在原国家医药管理局（后为食品药品监督管理部门）工作；我回到云南，进入了风风雨雨的文艺界。各有各的业务，加上天南地北，各奔东西，我们竟长期中断了联系。一晃，五十多年过去了！

　　最近，收到太生兄惠赠的诗词作品《晚路集》和《凭阑集》的打印稿。我才惊喜地得知，我这位少年时代的老同学、好朋友，在上世纪九十年代中期从领导岗位上离休后，对诗词创作情有独钟，笔耕不辍，而且已经取得了可喜的成果，"另走出一条属于自己的路"。读了他的《晚路集》，我感到他对古典诗词的修养和创作诗词的水平，比我这个大学中文系本科毕业的人要高得多。

《晚路集》出版之后，他又以饱满的激情很快创作了《凭阑集》：一百首诗歌颂中华民族从古至今的一百位风流人物和文化精英，一百首诗吟颂一百种花木，另百个词牌抒写我国五千年历史上从第一个"家天下"夏王朝的建立到加入世界贸易组织的一百个重大事件，并以"中华诗词"列入"百事"中作结。这首先就是一个很大胆的气势宏伟的艺术构想。以三百篇诗歌作品，集中地分别写"百人"、"百事"、"百花"，编出一部诗词集，就我有限的阅读范围，好像古今中外还没有哪一位诗人出过这样的书。太生兄晚年勇于探索，敢于创新，这种在题材上大胆尝试和开拓的精神，当然应该肯定，值得学习。

他写的"百人"，包括了轩辕、伍子胥、范蠡、商鞅、张良、韩信、诸葛亮、魏徵、李世民、李后主、包拯、康熙等帝王将相和岳飞、文天祥、戚继光、史可法、郑成功、林则徐这样的民族英雄，包括了毛泽东、周恩来、刘少奇、朱德、彭德怀、邓小平、刘伯承等无产阶级革命家，也包括了屈原、陶潜、李白、杜甫、白居易、欧阳修、苏东坡、陆游、辛弃疾、关汉卿、唐寅、吴承恩、汤显祖、徐霞客、郑板桥、袁枚、苏曼殊以及扁鹊、鲁班、李冰、蔡伦、张衡、华佗、祖冲之、陆羽、毕昇、沈括等诗人、作家、画家、戏剧家、科学家及其他文化精英。这么多大家熟悉的历史名人，每人只能用四句绝句或八句律诗来抒写，这就需要在掌握大量材料、反复研究思考和感悟的基础上，选择新颖独特的角度，作出富有诗意的高度概括。这方面，看得出太生是下了很大工夫的。他从自己的理解和感悟出发，力求以最简短的诗句写出不同人物的不同特点、个性、品格、命运和贡献。如《孔子文光千秋传》："传承礼义培英杰，研讨经书育学人。哲理行知思路远，儒家典范本源深。"《端午节吊屈原》："端阳屈子咏离骚，逸响雄辞绝世谣。爱国忠心悬日月，忧民赤胆圣钧陶。"《苏武》："凛然正气三千界，不屈坚贞十九冬。"《吊白居易大诗人》："代代相传新乐府，年年永祀大诗人。苏杭政绩贤臣颂，情系苍生德望尊。"《柳永长调慢词人》："生不逢辰作柳词，孙山名落误天时。离情别绪江湖意，井畔新歌喜可知。"《游沈园追怀陆游》："沈园一曲钗头凤，永铸飞鸿照影情。""留得剑南诗万首，千秋犹听放翁声。"不是去全面介绍、评价或描绘人物，而是从一个角度切入，突出人物最重要的贡献、最主要的特征、最典型的遭遇或是最根本的品德，这是诗的抒情特点和"以有限展示无限"的手法所决定的。

咏"百花"的"一百吟"中似乎佳作更多。历代诗人咏花的诗汗牛充栋。有些花过去前人反复吟咏过，如梅、兰、桃、菊等等，有的花过去写的人还不多。但不论是前人写得多或写得少的，太生都力求独辟蹊径，有自己新的视角、新的感受、新的体味、新的发现，尽可能有新的开掘、新的意境、新的语句。"小米闪金黄，莹莹映月光。绿丛增瑞色，夜静满枝香。"（《米兰》）"傣寨金湖树染苍，白花小朵沁芬芳。清馨郁郁人陶醉，最忆园中九里香。"（《九里香》）"红花白朵理新妆，叶展茎蜷蛱蝶翔。结队成行争彩艳，翩妍娇态任悠扬。"（《蝴蝶兰》）"嫩寒轻暖迎春早，质朴无华淡雅妆。万蕊鹅黄开绿蔓，千枝葱翠绕朱廊。"（《迎春花》）"六瓣盈盈冰朵小，满丛郁郁玉肌佳。水晶山野生凉气，又梦回乡处处家。"（《素馨花》）"万剑丛中竞艳娇，绽开十色序新苞。衷情插入花瓶体，翠绿春风挺挺条。"（《十样锦》）"芳丛弄影石榴红，艳色斑斓翠秀中。玉润株株迎丽日，霜滋朵朵向春风。半含嫩蕊开颜笑，忽绽盈枝喜气浓。寂静看花心畅想，窗前作伴白头翁。"（《石榴花》）读着这一首又一首的咏花诗，一股股清新的风扑面而来，一串串清词丽句赏心悦目，我丝毫没有与前人的诗有重复雷同或似曾相识的感觉，而是真正获得新的启迪、美的享受。

　　写"百事"的"一百吟"全部是词。词是一种美文学,它的美除了体现在形式方面,为段落的不对称美(除少数小令上下段具有对称均衡之美外,大多数均以不对称为美)、句势长短的参差美、偶句与奇句的交错美、音律的和谐美等以外。在文学内质、艺术内容方面更有自己独特的美感要求,具有与其他文体不同的独特风采与韵味。古人强调的特色是:谐音律,宜苑曲,贵含蓄,须雅炼。"吟咏性情,莫工于词。"王国维在《人间词话》中说:"词之为体,要眇宜修,能言诗之所不能言,而不能尽言诗之所能言。"词适宜表现"人生情思、意境之尤细美者。"当然,词不光抒情,也可以言志,可以发议论。但不论抒情或言志,不论是苑曲蕴藉的婉约派或气象恢弘的豪放派,都要用形象思维,都要通过艺术的构思表达诗的深情、美的意境。词不以叙事见长。太生兄对词的特点似乎尚未掌握,他用词的形式来叙述故事、交待过程、介绍史实,这就吃力而不讨好。我要坦率地说,他叙述一百个重大事件的这一百首词,基本上是不成功的。不知太生兄以为如何?

2006年3月22日于昆明

序　三

檀作文　曾少立

　　杨太生老先生新中国成立前夕参加革命，上世纪九十年代中期，从国家医药管理局副司长的岗位上离休。杨老离休后爱上了诗词，在人生的晚年，有了新的寄托，也因此有了新的收获。2004年初出版《晚路集》，如今，他的第二本诗集《凭阑集》也即将付梓。

　　2006年春，杨老将《凭阑集》手稿交给我们，从此与我们成了忘年之交。他认真好学，平易谦虚，七十多岁的人，经常坐公交车来到紫竹院附近的甘棠诗社，与我们探讨诗词，前后达数十次之多，历时近一年之久。他还多次参加诗社举办的大型活动，对我们年轻人表示了极大的支持。

　　《凭阑集》分为百人、百事和百花三部分，"百人"、"百花"是诗，"百事"是词。

　　"百人"部分吟咏一百个中国历史人物，褒扬英杰，鞭笞丑恶，时有独到见解。如《谒岳飞墓》："栖霞岭下身埋葬，报国精忠史笔垂。壮志未酬何痛饮？奇冤终雪莫伤悲。秦奸铁铸情当跪，宋帝金迷理应陪。碧血丹心悬日月，山河气振岳家威。"此诗除了赞颂岳飞、痛斥秦桧之外，更将矛头指向了封建王朝的最高统治者赵构，指出这位昏君亦应受到历史的审判，颇具识见。同时，"铁铸"与"金迷"亦是工而巧的对仗。

　　杨老的"百事"，可以与"百人"参照来看。"百事"写了中国历史上一百个大事件。词是一种以婉曲、抒情见长的文学体裁，而杨老的"百事"，既要叙述史实，又要表达作者的议论和情感，难度是非常大的。杨老自己也说，他选择词这种体裁，是特意进行的一种尝试。这一尝试是否成功，还有待广大读者的判断。当时杨老与我们探讨，这一部分也是花时间最多，讨论得最深入的。有些作品我们一起句句斟酌，杨老几易其稿，由此可见创新之难。"百事"部分同样有相当优秀的作品，如《调笑令•杯酒释兵权》："杯酒！杯酒！兵柄必须在手。将军三复斯言，翌日称病释权。权释！权释！至此君王安适。"再如《十六字令•玄武门之变》："权，玄武门中瞬息间。亲何在？夺位自相残。"这两首词，无情揭露了封建王朝的本质，为了皇位，君臣之间、血亲之间的尔虞我诈、互相残杀，说明这是一个吃人的反动制度，即便是唐宗宋祖这样的"明君"，亦身不可免。我们今天要以史为鉴，警钟长鸣，坚决走民主法治之路。

杨老喜欢宏大叙事，同时也是一个很富有生活情趣的人。他喜欢花，自己也种了很多。甘棠诗社举办的玉渊潭樱花诗会、香山诗社和甘棠诗社联袂举办的圆明园荷花诗会，他都早早地赶到现场，并且都有唱和的佳作。正因为对花情有独钟，他写了"百花"，通过对一百种花木的歌咏，表达了他对生活的热爱。杨老笔下的百花，生态神韵各异，又大都妥帖自然，有些还颇有隐喻和寄托。如《碧桃》："京郊春染碧桃园，艳色缤纷绣锦团。飞燕轻盈双翼竞，啼莺柔婉五弦弹。刘郎莫叹玄都观，陶令空怀世外源。今日繁花凝万树，清华韵绝敢争妍。"读来令人仿佛回到了2006年那个美丽的春天，在那个春天里，诗人们在公园里频繁聚会，酬酢唱和，也是在那个春天里，我们认识了杨老——一位热爱诗词的可敬老人。再如《榆叶梅》："二月梅开闹锦春，繁花连串结成群。千株万朵浑圆抱，平淡无名自有真。"于花，神形毕肖，摹写如在眼前；于人，不正是作为国家主体的普罗大众的写照么？

杨老写诗，爱诗，对自己的要求，到了苛刻的程度。他坚持不重字，不大拗，甚至对于小拗，他也要努力设法改正。他也很注重炼字，往往会为了一个字，多次打电话给我们，甚至专程跑一趟。他的诗作，三易其稿，五易其稿，都是常事。杨老的勤奋和认真，终于有了结果。《凭阑集》凝聚了他的心血，表达了他的思想观点和审美情趣，也是他诗词道路上迈出的一个坚实台阶。

对于《凭阑集》，杨老表达了他的三个心愿：一是格律严谨，努力做到没有硬伤；二是其中的历史观能经得住时间的考验；三是希望至少有一句能够存世。我们祝他实现这三个心愿。

2006年12月10日

目　录

百人吟

百事吟

百花吟

百人吟

轩辕颂

中华涿鹿首登枢，鼻祖轩辕建国都。
拓土安邦元有始，开基治世事方雏。
五千岁月征程远，九域儿孙伟业殊。
追古看今期往后，同心奋进续昌图。

注：轩辕，传说中的古代帝王黄帝。姬姓，号轩辕氏、有熊氏、少典子。曾战胜炎帝于阪泉，战胜蚩尤于涿鹿，诸侯尊为天子。后人以之为中华民族的始祖。

仓颉造字

黄帝史官能纪实，文明遗训后人承。
万年大事毋绳结，千载成言字象形。

注：仓颉，也作苍颉。传为黄帝史官，汉字创造者。

大禹治水

三过家门不肯归，疏淤拦坝夺雄魁。
治洪大业多良策，开浚功成耀日辉。

注：大禹，亦称夏禹、戎禹，传说中古代部落联盟首领。姒姓，名文命。鲧之子。奉舜命治水，在治水中，三过家门而不入。被舜选为继承人。传曾铸造九鼎和克平三苗之乱。东巡死于会稽。其子建立夏朝。

伍子胥

创建江南第一都，称雄列国展鸿图。
营城筑廓疏河道，善武能文佐句吴。
报答君亲忠孝尽，等闲生死塞通殊。
姑胥遗恨今犹在，往事昭昭大丈夫。

注：伍子胥，春秋吴国大夫。名员，字子胥。楚大夫伍奢次子。伍奢被杀后经宋、郑等国入吴。助阖闾夺王位，整军经武，国势日盛。后被吴王夫差疏远，赐剑命他自杀。

范蠡功成名遂

出生楚国布衣庐，辅佐贤能越大夫。
雪耻沼吴垂伟绩，高功挂冕伴名姝。
汇川贸易陶朱业，纳海流通水陆途。
进退往来谋有数，神机妙算胜鸿儒。

注：范蠡，春秋末年越国大夫。字少伯，楚国宛
（河南南阳）人。随越王勾践赴吴为质二年，回越后助
越灭吴。后游齐国，称鸱夷子皮。到陶（山东定陶西
北），改名陶朱公，以经商致富。

西　施

苎萝山下鱼沉水，漱玉清溪石浣纱。
莫怪馆娃宫里宠，心迷谋乱是夫差。

注：西施，一作先施。又称西子。姓施。春秋末
越国苎萝（浙江诸暨）人。由越王勾践献于吴王夫差，
成为最宠爱的妃子。传说吴亡后，与范蠡入五湖而去。

孔子文光千秋传

夫子宗师错当神，生前受阻后追尊。
传承礼义培英杰，研讨经书育学人。
哲理行知思路远，儒家典范本源深。
古今中外皆夸颂，衍续增华世界春。

　　注：孔子，春秋末期思想家、政治家、教育家，儒家的创始者。名丘，字仲尼。鲁国陬邑（山东曲阜东南）人。

古代名医扁鹊

民间爱戴济人翁，秘术高明众口称。
老幼后生临急症，望闻问切作权衡。
膏丹丸散兼汤剂，熨贴针麻并技能。
刻苦钻研医药学，延年固本万方宁。

　　注：扁鹊，春秋末战国初著名医学家。姓秦名越人。渤海郡（河北任丘）人。常在赵、齐等地行医，擅长各科，反对巫术治病。因治秦武王病，遭妒忌杀害。

鲁班巧人

公输般父鲁班名，建筑方家巧技精。
锁钥木鸢机创举，锯钻墨汁器多能。
石桥刻凤传承久，勾拒云梯备战迎。
苦学攻研新本领，弘扬业绩咏神明。

注：鲁班，又称公输般，春秋末年鲁国匠师。曾创造攻城的云梯和磨粉的砣。相传发明多种木作工具。被后世尊为建筑业"祖师"。

商鞅变法百世垂

商鞅改革里程碑，奠定宏基百世垂。
什伍民编连坐法，军功奖励令行规。
井田制废开阡陌，度量肩齐积厚肥。
国富兵强形势盛，大成遇害业光辉。

注：商鞅，战国秦政治家，卫国人。公孙氏，名鞅，亦称卫鞅。初为魏相公叔痤家臣，后入秦说服秦孝公变法图强。任左庶长，实行变法。旋升大良造。孝公死后，被贵族诬害，车裂而死。

都江堰怀李冰

雪岭云涛覆又翻，岷江蜀浪集平川。

淘滩作堰相传秘，截角抽心至理言。

治水殊功归沃野，降龙伟业纪先贤。

感铭太守身心累，厚惠农林大有年。

注：李冰，战国时水利家。任蜀郡守，征发民工在岷江流域兴办水利工程，以都江堰最为著名。

端午节吊屈原

端阳屈子咏离骚，逸响雄辞绝世谣。

爱国忠心悬日月，忧民赤胆圣钧陶。

怀王昏聩谗言信，令尹调唆诋毁嚣。

正气长存歌献颂，名垂竹帛古今昭。

注：屈原，名平，字原；又名正则，字灵均。战国时楚国贵族。初辅佐怀王，做过左徒，三闾大夫。顷襄王时被放逐，长期流浪沅湘流域。因无力挽救楚国危亡，又深感政治理想无法实现，遂投汨罗江而死。

项　羽

有勇无谋非好汉，平庸难教怎称王？
但消美女柔肠气，终究乌江伏剑亡。

注：项羽，秦末农民起义军领袖。名籍，字羽。
下相（江苏宿迁西南）人。从叔父项梁起义，项梁战死
后，羽为次将，率军救赵，秦亡自立楚霸王。在楚汉战
争中，为刘邦击败，从垓下突围到乌江，自刎而死。

虞　姬

不解艰危传自刎，当机错断毂中虞。
莫嫌女子同风雨，陷进情痴入误区。

注：虞姬，秦末人。姓虞，名不详。常随项羽出
征，被汉军围困垓下，虞姬哀叹大势已去，以歌和项
羽，以死明志。

佐汉忠臣张良

平生认定复韩仇，壮士椎秦灭项谋。

进劝离宫还灞上，昌言封旧抚才猷。

关中辇下拥元子，韬略神明佐汉刘。

运策屏帷儒气节，忠臣不绩授留侯。

注：张良，西汉谋臣。字子房。相传为城父（河南郏县东）人。祖与父为韩国五世相。秦灭韩，张良倾全部财力寻求刺客，暗杀秦始皇，复仇未遂，逃亡下邳，归宿刘邦，成为谋士。

韩　信

秦川逐鹿建全功，炎汉新基创业宏。

将礼登坛官破格，封王猜忌帝难容。

岂因炫耀勋劳大，委是分崩品质庸。

生死存亡非惠怨，做人根本在公忠。

注：韩信，秦末汉初名将。淮阴人。早年家贫，曾从人寄食。秦末，初属项羽军，未得重用。继归刘邦，被任为大将。封齐王，改封楚王。有人告反，降为淮阴侯。萧、吕定计，诱入宫中杀之。

王昭君出塞千秋颂

功竣和亲因国盛，昭君茹苦熄烽烟。
悲歌怨恨纷纭说，宁靖垂勋志表丹。

注：王昭君，西汉南郡秭归人，名嫱，字昭君，幼选做宫女，应诏与匈奴和亲，称"宁胡阏氏"。

张　骞

张骞出使乌孙国，勇敢惊人探险顽。
西域沟通津济道，经文发展著鞭先。

注：张骞，西汉汉中城固人。官大行，封博望侯。奉汉武帝命出使大月氏，在外十三年，途中曾被匈奴扣留十一年。后出使乌孙，加强中原与西域关系，开辟了"丝绸之路"。

司马迁

荣光四塞气吞虹，迁降龙门太史公。

隐忍愤盈承父业，顽强不辍继前功。

英才博学心机敏，壮志雄飞度量宏。

秘宝藏山惊绝唱，千秋纪梦富文崇。

　　注：司马迁，西汉史学家、文学家、思想家。字子长。夏阳（陕西韩城南）人。司马谈之子。初仕郎中，继父职，任太史令。因对李陵降匈奴事辩解，下狱受腐刑。出狱后任中书令，发奋完成所著史籍。

苏　武

出使匈奴握节行，乍临意外逼投诚。

凛然正气三千界，不屈坚贞十九冬。

受尽欺凌留肃穆，熬过苦难写人生。

熏陶当世开蒙后，激励忠良万代雄。

　　注：苏武，西汉杜陵（陕西西安东南）人，字子卿。任中郎将，奉命出使匈奴，副使张胜参与匈奴内部斗争而受牵连，多方威胁诱降，又迁北海牧羊。坚持十九年不屈。

班婕妤

团扇歌中命运愁，一篇自悼赋归休。
亲知可贵心明悟，才女坚贞守到头。

　　注：班婕妤，西汉辞赋家。楼烦（山西朔县）
人。名不详。婕妤为妃嫔称号。成帝初选入宫，大幸。
少有才学，善写宫中苦闷心情。

班　昭①

博学高才续汉书，经文政事女中殊。
尊称曹大家②荣誉，卓著勋劳万众呼。

　　注：①班昭，东汉史学家。一名姬，字惠班，扶
风安陵（陕西咸阳东北）人。史学家班彪之女，班固之
妹。
　　②曹大家（gū，姑），大家，妇女尊称。班昭14
岁嫁曹世叔为妻。曹不幸早逝。和帝称她为曹大家。

蔡伦推进造纸术

蔡伦造纸术翻新，了结龟缣骨竹文。
传世知名华夏技，两千岁月古风存。

注：蔡伦，东汉造纸术发明家。字敬仲，桂阳
（湖南郴州）人。曾任中常侍、尚方令等职，封龙亭
侯。有"蔡侯纸"之称。

东汉著名科学家张衡

浑天仪巧观天象，地震提防测候风。
科学发明先问世，人寰罕见仰高峰。

注：张衡，东汉科学家、文学家。字平子。河南
南阳人。曾两度执管天文的太史令。精通天文历算。创
制世界最早利用水力转动的"浑天仪"和测地震方位的
"候风地动仪"。首次正确解释月食是由月球进入地影
而产生。

医圣张仲景

长沙太守好郎中，执事行医两不空。
辨证治疗诊脉准，勤求博采著书宏。
伤寒论述真传道，疾病常防喜建功。
心地光明垂百世，馨香圣德满堂红。

注：张仲景，汉末医学家。名机，南阳人。曾任
长沙太守，当时伤寒流行，病死者多，他总结了以往医
疗经验来诊治伤寒，对中国医学的发展有重大贡献。

汉末名医华佗①

青囊经出混元初，世代相传病可苏。
未劈曹头风②送死，曾医关臂毒排除。
神针仁术怀中药，狱吏伤心火化书。
孟德凭空常反悔，天良丧尽杀无辜。

注：①华佗，东汉末医学家。又名旉，字元化，
沛国谯（安徽亳州）人。精各科，擅长外科。因不从曹
操征召被杀。
②风，中医病名。即风寒，头风等。

贤相诸葛亮与世长存

卧龙身后千年颂，历代官民众敬尊。
治蜀丰功勋绩伟，忠刘沥血呕心贞。
外交内政诚安众，威德奇才最出群。
人事兵机殷鉴悟，名同管乐业长存。

注：诸葛亮，三国蜀汉政治家、军事家。字孔明，琅邪阳都（山东沂南）人。东汉末，隐居邓县隆中（湖北襄阳），留心世事，被称为"卧龙"。助刘备建立了蜀汉政权，任丞相。后被刘禅封为武乡侯。病死于五丈原，葬定军山（陕西勉县）。

说貂蝉

演义貂蝉非正史，品评论事此书中。
荆轲西子堪伦比，不见刀枪立大功。

注：貂蝉，《三国演义》中的人物。司徒王允家的歌妓。为助王允翦除董卓，自己献身，用"连环计"离间董卓和吕布，借吕布之手，杀死董卓。

怀念陶渊明先生

陶令门前栽五柳，东篱采菊喜平畴。
钟情诗赋心相得，有意田园志可酬。
栗里故家今尚在，桃园幻境古难求。
清风高洁长怀念，靖节先生酒扫愁。

注：陶渊明，东晋诗人。一名潜，字元亮，私谥靖节，浔阳柴桑（江西九江）人。曾任江州祭酒、镇军参军、彭泽令等，后去职归隐，绝意仕途。长于诗文辞赋。

杰出数学家祖冲之

环球第一圆周率，历法天文用岁差。
水碓指南车舸造，谨严治学大名家。

注：祖冲之，南北朝时代南朝科学家。字文远，范阳道（河北涞水）人，一作蓟（今北京）人。曾任南徐州（镇江）迎从事。南齐，官至长水校尉。他推算出圆周率π的值在3.1415926和3.1415927之间，并提出密率355／113，此两项领先世界一千年。

魏　徵

遇事犯颜甘直谏，太宗采纳贵谦恭。
贞观之治当谋士，合拍君臣世代崇。

注：魏徵，唐初政治家。字玄成，巨（钜）鹿（河北）人，后移居相州内黄（河南）。少孤贫，曾为道士。隋末参加瓦岗军，李密败，降唐。又被窦建德所获，任起居舍人。窦败，入唐为太子洗马。太宗即位，擢为谏议大夫，贞观任秘书监，参与朝政。后一度任侍中，封郑国公。

李世民

盛世王朝缔造人，并肩统一众齐心。
量才善任清明政，纳谏精诚赏罚箴。
经济繁荣民乐业，贞观大治国生春。
千年一帝中兴主，尚武修文历代尊。

注：李世民，唐代皇帝。李渊次子。在位23年。父子晋阳起兵，反隋称帝；玄武门之变，杀兄及弟，立为皇太子，旋即位。贞观之治，有成效。

贤内助长孙皇后

皇后华年好读书，通明事理识良途。
待人宽厚从严己，让路求贤岂为吾。
常劝君王勤纳谏，箴规亲属掌机枢。
终生节俭诚恭顺，耿耿忠心力助夫。

注：长孙皇后，长安人。唐太宗立为皇后。不愧是中国封建时代的一位不可多得的贤后。

文成公主汉藏友好做贡献

文成公主入蕃婚，民族同心宇内敦。
西海郡王封爵位，中华百姓庆良辰。
相传技艺新机巧，教授工农众妙门。
汉藏和亲诚是首，国家繁盛万年春。

注：文成公主，吐蕃赞普松赞干布妻，唐宗室女。640年唐以文成公主许婚。次年入蕃和亲，受藏民崇敬。

刚正廉明狄仁杰

唐朝名相树仁风，断狱严明世所称。
宗室起兵攻武后，密疏申救免殊刑。
女皇欲造恢宏佛，纳谏多从信实卿。
法立奸惶危自绝，心清廉洁国升平。

注：狄仁杰，唐大臣。字怀英，太原人。任并州
都督府法曹参军，转大理丞，改任侍御史，历任宁州、
豫州刺史等职。武则天时任地官侍郎同凤阁鸾台平章
事，来俊臣诬害下狱，贬彭泽令，转任魏州刺史，幽州
都督。后复相。出任河北道行军元帅、河北道安抚大
使，率军抵御突厥进攻。入为内史。追封梁国公，世称
"狄梁公"。

诗仙李白万古传

明月青山太白昂，结朋醉酒赋诗狂。
平生笑傲辞官爵，万里逍遥访外乡。

表达真情民意愿，揄扬统一国家昌。

谪仙才笔融华夏，浪漫英风世代芳。

注：李白，唐诗人。字太白，号青莲居士。自称祖籍陇西成纪（甘肃静宁西南），隋末其先人流寓碎叶。幼时随父迁居绵州昌隆（四川江油）青莲乡。唐朝伟大的浪漫主义诗人。晚年飘泊困苦，卒于当涂。

怀念杜甫①

千诗五代双贤友，万古三长一草堂②。

念国深情惊觉语，毕生奔走为民忙。

注：①杜甫，唐诗人。字子美，自称少陵野老。祖籍襄阳，自其曾祖时迁巩县。杜审言之孙。曾任左拾遗、华州司功参军。后弃官移家成都，一度为严武幕中任参谋、工部员外郎。晚年携家出蜀，病死湘江途中。

②千诗，杜甫给后人留下1400多首诗，收入《杜工部集》。五代：指战乱年代。后梁、后唐、后汉、后晋、后周，称五代时期。双贤友：杜甫、李白齐名，二人又是执友、贤友。三长：才、识、学为三长。

杨玉环

天生艳质贵妃娇，恋此唐皇懒理朝。

留得马嵬鞋袜冢，骊山月夜梦魂遥。

注：杨玉环，即杨太真。唐蒲州永乐（山西芮城）人。小字玉环。善音律歌舞。初为玄宗子寿王瑁妃。后入宫，得玄宗宠爱，封为贵妃。安禄山叛乱，逃奔马嵬驿时，被缢死。

茶神陆羽誉天下

谷帘天下状元泉，陆羽亲尝品味甘。

一卷传经弘祖业，三杯到口乐天仙。

叶如栀子龙牙小，花若蔷薇蟹眼圆。

铭感茶神文典著，遍行宇内永绵延。

注：陆羽，唐学者。字鸿渐，自称桑苎翁，又号东冈子，复州竟陵（湖北天门）人。闭门著书，不愿为官。一度曾为伶工。以嗜茶著名，并对茶道有深研究，撰有《茶经》，旧时被视为"茶神"。

韩愈颂

昌黎凤集鸾翔秀，压卷名篇永驻留。
骈体革新何足累？古文倡导领衔谋。
词林根柢思风发，经典枝条语畅流。
巨匠雕龙鸿笔振，韩潮翰墨著千秋。

注：韩愈，唐文学家、哲学家。字退之，河阳（河南孟州）人。自谓郡望昌黎，世称韩昌黎。贞元进士，任监察御史，以事贬为阳山令。赦还任国子博士，刑部侍郎等职。后贬潮州刺史，官至吏部侍郎，卒谥文，世称韩文公。被列为"唐宋八大家"之首。

锦江河畔忆薛涛

锦江河畔女娟娟，酬唱诗文俱往还。
耸翠茂林修竹影，桃红极品浣花笺。
蓉城才子知多少，元稹萧郎梦不圆。
悲愤伤心凝笔墨，飘零身世结人缘。

　　注：薛涛，字洪度，长安人，幼时随父入蜀，后
为乐妓。能诗善歌，常出入镇幕，侍酒赋诗。武元衡为
相，奏授校书郎，时称"女校书"。曾居浣花溪，创制
红小笺，人称薛涛笺。白居易、杜牧、刘禹锡等诸士皆
与其唱和。

吊白居易大诗人

翠染香山茂树荫，琵琶峰秀径清森。
魂归净土长青在，论谏乌云不苟存。
代代相传新乐府，年年永祀大诗人。
苏杭政绩贤臣颂，情系苍生德望尊。

　　注：白居易，唐代诗人。字乐天，号香山居士。
其先太原人，后迁下邽（陕西渭南）。贞元进士，授秘
书省校书郎。后任左拾遗及左赞善大夫。后被贬为江州
司马，又任杭州刺史，官至刑部尚书。和元稹友笃，
齐名，世称"元白"。晚年与刘禹锡唱和，人称"刘
白"。

怀念柳宗元

柑林丹荔古祠中，故迹罗池掘井泓。
刺史清廉除宿弊，惠民质朴见精忠。
天人皂白千秋异，德政诗文万世崇。
百越率先开发早，至今怀念柳河东。

注：柳宗元，唐文学家、哲学家。字子厚，河东解（山西运城）人，世称柳河东。贞元进士，授校书郎，调蓝田尉，升监察御史里行。任礼部员外郎，革新失败后，贬为永州司马。后迁柳州刺史，故又称柳柳州。名列"唐宋八大家"。

李商隐

乐游原上惜斜阳，牛李争权枉受殃。
《风雨》《贾生》悲恸哭，《韩碑》《井络》叹哀伤。
深情《有感》绵长句，隐意《无题》独特章。
缺证衔冤无诉处，唯寻道德法庭张。

注：李商隐，唐诗人。字义山，号玉谿生，怀州
河内（河南沁阳）人。开成进士，曾任县尉、秘书郎和
东川节度使判官等职。因受牛李党争影响，遭排挤而潦
倒终身。

李后主

醉生梦死欺天地，雪月风花误国君。
降顺沦亡胸臆郁，牵心画境感凡人。

注：李后主，五代时南唐国主。字重光，名李
煜，初名从嘉，号钟隐，世称李后主。宋兵破金陵，出
降，后被毒死。能诗文、音乐、书画。尤以词著名。

毕昇首创泥活字

镂版胶泥雕活字，创新印刷技能精。
杭州文物今垂誉，万世功劳有毕昇。

注：毕昇，宋代发明家。首创活字版印刷术，还
研究过木活字排版。

孤山吊林逋

逋客西湖不羡仙，梅妻鹤子伴孤山。
水边疏影横枝合，雪后馨香彻骨寒。
素羽闻天翔紫盖，黝睛警露养青田。
心存玉洁诗魂逸，羁旅招来小酿馋。

注：林逋，北宋诗人。字君复，钱塘（杭州）人。隐居西湖孤山，种梅养鹤，终身不仕，不婚娶，卒谥和靖先生。诗多有名句。

柳永长调慢词人

生不逢辰作柳词，孙山名落误天时。
离情别绪江湖意，井畔新歌喜可知。

注：柳永，北宋词人。原名三变，字景庄。后改名永，字耆卿，排行第七，崇安（福建武夷山市）人。景祐进士。官至屯田员外郎。世称柳七、柳屯田。为人放荡不羁，终身潦倒。

咏范仲淹

咏赞忠良范仲淹，恤民勤政古今传。
断齑划粥经朝夕，谢舜依尧效圣贤。
内智外愚清德正，先忧后乐素诚廉。
弦琴山水平生爱，熏染心怀展志坚。

注：范仲淹，北宋政治家、文学家。字希文，苏州吴县人。大中祥符进士。官至枢密副使、参知政事，出任陕西四路宣抚使，知彬州。卒后谥文正，诗、文、词出色。

盼包拯再生

贿赂公行弱者鸣，严明正直判公平。
清廉挂口贪赃甚，只盼龙图永世生。

注：包拯，北宋庐州合肥人，字希仁。天圣进士。曾任监察御使、天章阁待制、龙图阁直学士。官至枢密副使。为官刚正，执法严峻，权臣贵戚为之敛手，为封建时代清官的典型。

欧阳修

清明旨远吐辉光，构陷频频锐志刚。
僚友论争甘放逐，是非颠倒敢伸张。
华章简洁通明正，妙缔深淳畅达良。
倡导古文新领袖，闻名天下至言扬。

注：欧阳修，北宋文学家、史学家。字永叔，号
醉翁，六一居士，吉州吉水人。天圣进士。曾任枢密副
使、参知政事，兵部尚书，以太子少师致仕。卒谥文
忠。北宋古文运动领袖。散文、诗词和史传均有成就。

半山园怀王安石

钟山半路隐幽园，幻迹萧居着意看。
首辅一生求变革，雄谟屡踬不辞难。
恢奇卓识民情顾，弘旷新文政论瞻。
会晤东坡嫌尽释，金陵怀古恨绵绵。

注：王安石，北宋政治家、文学家、思想家。字

介甫，号半山，抚州临川人。庆历进士。曾任地方官十余年。两度任相，实行变法。晚年退居金陵，封荆国公，世称三荆公，卒谥文。诗文皆有成就，颇有揭露时弊和反映社会矛盾之作。列入"唐宋八大家"。

沈括镇江梦溪园著《笔谈》

政绩相闻远盛传，施行变法壮图先。
新修水利开荒地，出使辽邦卫主权。
律历天文无不学，工程建筑力攻研。
《笔谈》名著留寰宇，后世推崇智勇全。

注：沈括，北宋科学家、政治家。字存中，杭州人。嘉祐进士。博学多闻，于天文、地理、律历、音乐、医药等都有研究。

两袖清风苏东坡

宦迹终身失意臣，人间冷暖历酸辛。
西湖堤岸春风爽，南海琼崖习俗淳。
坦荡胸怀情所在，雄才博学志长存。
文章平易传神妙，浩气超然抱璞心。

注：苏东坡，北宋文学家、书画家。名轼，字子瞻，号东坡居士，眉州眉山人。嘉祐进士。因反对王安石变法，以作诗谤朝廷贬黄州。任翰林学士，曾出知杭州、颍州，官至礼部尚书，又贬惠州、儋州。卒后谥文忠。文、诗、词皆称大家，与父洵、弟辙合称"三苏"，为"唐宋八大家"之一。

李清照

国破家亡多异变，倾情衷曲女心悲。
梦随细笛皆飞绕，人比黄花更瘦羸。
淘尽古今豪杰汉，并开疏密苦寒梅。
纯真蕴蓄凄清丽，婉约词仙卓越才。

注：李清照，南宋女词人。号易安居士，齐州章丘（山东）人。父李格非著名学者，夫赵明诚金石考据家。早年生活优裕，金兵入据中原，南渡后赵病死，境遇孤苦。作词前期多悠闲，后期悲叹身世，情调感伤，时怀念中原。"别是一家"。

朱淑贞

吟诗增识学完人，国难当头怨艳频。
献赋新词填秀句，为何不去激扬民。

注：朱淑贞，南宋女词人。号幽栖居士，钱塘（杭州）人。祖籍歙州（安徽歙县），南宋初年时在世。生于仕宦家庭。因婚嫁不满，抑郁而终。能画，通音律，工诗词，多幽怨感伤。

抗金名将韩世忠

终朝驰骋沙场上，箭迹刀痕布满身。
出死入生传四极，挽强骑射冠三军。
千秋刻石威名震，万字题碑大义存。
民族英雄忠武勇，丹心报国立功勋。

注：韩世忠，南宋名将。字良臣，绥德（陕西）人。行伍出身，御西夏有功。宋金战争起任浙西制置使、御营左军都统制、京东淮东路宣抚处置使、枢密使，抗疏反和，为岳飞狱面诘秦桧，不被采纳，自请解职，闭门谢客。追封蕲王。

击鼓抗金梁红玉

粉黛躬亲桴鼓战，戎妆佩剑更争娇。
心劳眉锁家邦恨，奏凯欢声振九霄。

注：梁红玉，南宋女将。韩世忠妻，封安国夫
人，后改杨国夫人。与韩阻击金兵。系传名，不见于
史。

谒岳飞墓

栖霞岭下身埋葬，报国精忠史笔垂。
壮志未酬何痛饮？奇冤终雪莫伤悲。
秦奸铁铸情当跪，宋帝金迷理应陪。
碧血丹心悬日月，山河气振岳军威。

注：岳飞，南宋抗金名将。字鹏举，相州汤阴
（河南）人。任秉义郎、统制、清远军节度使，高宗、
秦桧一意求和，以十二道金牌下令退兵，解除兵权，任
枢密副使，不久被诬谋反，以"莫须有"罪名杀害。追
谥武穆，追封鄂王。

游沈园追怀陆游

沈园一曲钗头凤，永铸飞鸿照影情。
应试偏因秦落籍，反和又遇赵休兵。
高贤屈枉连年厄，爱国丹诚勒石铭。
留得剑南诗万首，千秋犹听放翁声。

注：陆游，字务观，号放翁，山阴（浙江绍兴）人。应试为秦桧所黜。进士出身，任镇江、隆兴通判，夔州通判，官至宝章阁待制。一直受到统治集团压制。晚年退居家乡，一生创作诗歌很多，今存九千多首，内容极为丰富。亦工词。

辛弃疾

爱国词人气节坚，难酬壮志复中原。
山河故国悲歌愤，抱恨余生续百篇。

注：辛弃疾，南宋词人。字幼安，号稼轩，历城（济南）人。历任湖北、江西、湖南、福建、浙东安抚使等职。一生坚决抗金，其建议均未采纳，并遭打击，闲居江西，晚年一度起用，不久病卒。其词以豪放为主，与苏轼并称为"苏辛"。

关汉卿

元代堂堂戏剧家，吟弹演唱动京华。
豪雄威武单刀会，色鬼强梁鲁氏娃。
蝴蝶梦圆包释子，窦娥冤陷凤随鸦。
入时杂剧扬新体，播德通灵海内夸。

注：关汉卿，名不详，号已斋叟，大都（北京）
人，元代戏曲大家。已知杂剧写有六十七种，留传十多
种，是我国戏剧的奠基人。

过伶仃洋怀文天祥

伶仃洋过挽文山，效死忠臣远赴燕。
柴市吞声拦道哭，沧瀛梦断逼人寒。
长留正气参千古，永保丹心照九天。
如许悲酸成往事，解颜含笑慰黄泉。

注：文天祥，南宋大臣，文学家。字履善，一字
宋瑞，号文山，吉州吉水（江西）人。宝祐进士第一，
历任刑部郎中，瑞州知州，罢职后又任湖南提刑、赣州
知州。任右丞相，到元军营中谈判遭扣留，经镇江脱
险，在广东海丰五坡岭兵败被俘，解送大都，宁死不
屈，在柴市壮烈殉国。

施耐庵

深切同情民苦难，传奇水浒塑英雄。
官家逼上梁山反，成败从来定律中。

注：施耐庵，元末明初小说家。《水浒传》作
者。名耳，又名子安。江苏苏州人，后迁居淮安。元至
顺进士。

罗贯中

鼎足旋流盛事夸，恢宏壮阔展风华。
繁多争战惊心魄，开创文坛笔路佳。

注：罗贯中，元末明初小说家。名本，号湖海
散人，山西太原人。一说钱塘或庐陵（江西）、东平
（山东）人。撰有《三国志通俗演义》（即《三国演
义》）、《隋唐志传》和《三遂平妖传》等。

三保太监下西洋

郑和七次下西洋，万里长征友善航。
遍访亚非交际广，惊涛吞海史增光。

注：郑和，明宦官、航海家。本姓马，原名文
和，小字三保。回族，云南昆阳州（晋宁）人。

题于谦①祠

东城小巷古祠瞻，热血千秋泣杜鹃。
忠烈岳于双少保，凶残构镇独专权②
山河不改全民志，日月增辉一寸丹。
廉洁奉公垂典范，终身清白在人间。

注：①于谦，浙江钱塘（杭州）人，字廷益。明
永乐进士，任监察御使，河南、山西巡抚，从兵部侍郎
升任尚书，加少保。诬"谋逆罪"被杀。
②岳于，指岳飞和于谦。构镇：指宋高宗赵构和
明英宗朱祁镇。

姑苏书画家唐寅

吴郡阊门唐伯虎，父开酒店赤贫家。
高贤俊杰多才艺，巨子风流不惹花。
梦墨亭中春色醉，桃花坞里夕阳斜。
诗文书画凌云笔，遗迹流传四海夸。

注：唐寅，明画家、文学家。字伯虎，一字子畏，号六如居士、桃花庵主、逃禅仙吏等，吴县（江苏）人。为"明四家"和"吴中四才子"之一。

题升庵桂湖

新都杨慎故居祠，碧桂森森九曲迷。
贬谪终身无赦免，驱驰远戍有顽痴。
满怀仰首伸眉志，绝唱超今越古词。
卓著文人皆命蹇，噤声饮恨倍追思。

注：杨慎，明文学家。字用修，号升庵，四川新都人。正德间进士，授翰林修撰，因议事，谪戍云南永昌。

吴承恩撰《西游记》

云台山里觅西游，怪石奇峰果木搜。
会意心知生妙笔，金猴出世扫闲愁。

注：吴承恩，明小说家。字汝忠，号射阳山人。
山阳（江苏淮安）人。嘉靖中补贡生。浙江长兴县丞。

拜谒海瑞墓

海口滨涯村展墓，绿椰掩映气威严。
青天定论归编简，冰洁渊清万代传。

注：海瑞，广东琼山（海南）人；字汝贤，自号
刚峰。回族。明嘉靖举人。历任淳安、兴国知县、户都
主事、应天巡抚、南京吏部右侍郎和南京右佥都御史，
病逝于任上。谥忠介。

医药圣人李时珍

蟹子山峦纪念君，郎中之圣李时珍。
广罗博采诸家论，纲目伸张本草存。
造福生民真国手，增龄养寿暖人心。
机缘医药溶鱼水，甘苦温寒万世尊。

注：李时珍，明医药学家。字东璧，号濒湖山
人，蕲州（湖北蕲春）人。世业医。继承家学，研究药
物，重视临床实践与革新。历二十七年著成《本草纲
目》。

戚继光

抗倭劲旅戚家军，嘉靖年间退入侵。
赳赳男儿骁勇将，巍巍英杰栋梁臣。
乡邦防海垂千古，功德安民感万分。
禹甸勃兴雄伟业，金瓯永固立殊勋。

注：戚继光，明抗倭名将、军事家。字元敬，号
南塘，晚号孟诸，山东登州（蓬莱）人。出身将家。

汤显祖

戏曲莎翁媲美称，临川四梦牡丹亭。
敢违礼教怀心志，赢得红颜不掩情。

注：汤显祖，明戏曲作家、文学家。字义仍，号
海若、若士、清远道人，江西临川人。所居名玉茗堂。
万历进士。任南京太常寺博士、礼部主事，降广东徐闻
典史，后改任浙江遂昌知县，被议免官，未再出仕。

哀思袁崇焕督师

讵料幽燕起逆风，身蒙大难海天暝。
堂堂正气惊寰宇，赫赫功勋励士兵。
毁坏长城今古叹，垂成英烈是非清。
忠魂一缕依华夏，日月同辉不朽名。

注：袁崇焕，明军事家。字元素，广西藤县人，
祖籍广东东莞。万历进士。任兵部主事，升授辽东巡
抚、兵部尚书衔，督师蓟辽。崇祯中反间计，袁被冤
杀。

布衣旅行家徐霞客

山河走遍乐无涯，博览图经地理家。
笔下风光真似画，凌云展志写中华。

　　注：徐霞客，明地理学家。名弘祖，字振之，号
霞客，南直隶江阴（江苏）人。不愿入仕，专心从事旅
行。燕、晋、云、贵、两广，足迹所到，按日记载，著
《徐霞客游记》。

史可法

扬州城北梅花岭，丘垄衣冠万古魂。
兵火俱攻围十日，剑弓备举困孤军。
雄心统帅精忠耿，赤胆操戈节义仁。
吊古一轮明朗月，铮铮铁骨后人尊。

　　注：史可法，河南祥符（开封）人，字宪之，号
道邻。明末崇祯进士。任西安府推官，由漕运总督、凤
阳巡抚升任南京兵部尚书，以督师为名，死守扬州。为
清军所执，不屈被杀。

李自成

起义群雄出闯王，十年转战促明亡。
取京初胜昏头脑，鉴戒前车不可忘。

注：李自成，明末农民起义领袖。本名鸿基，初
号闯将，后号闯王。陕西米脂双泉里人。出身农民家
庭，曾为驿卒。崇祯三年入不沾泥部，在襄阳称新顺
王，进占西安，建立大顺政权，年号永昌，不久攻克北
京。吴三桂引清军入关，李迎战失利，退出北京。一说
被杀，一说为僧。

怀念郑成功并儆戒台独分子

波涛滚滚战帆扬，直捣妖巢举众降。
旌旆蔽空飘故土，舳舻衔尾卫吾疆。
名垂今古千秋祭，气壮山河百世彰。
大陆台湾缘一国，敢于分裂定消亡。

注：郑成功，明清之际收复台湾的名将。本名
森，字大木，福建南安人。郑芝龙子。弘光时监生。隆
武帝赐姓朱，号"国姓爷"，封延平郡王。

蒲松龄神聊千秋

终身乡塾老先生，穷困图存在底层。
说鬼唱狐明目理，扬清激浊镂心声。
自成一格涵今体，卓立千篇贯古风。
恩爱悲欢人物志，箴言阅世警亲朋。

　　注：蒲松龄，清文学家。字留仙，一字剑臣，别
号柳泉居士，世称聊斋先生，山东淄川（淄博）人。
七十一岁始成贡生。中年一度作幕宾外，长期在家乡为
塾师。积数十年时间，写成《聊斋志异》短篇小说集。

康　熙

智擒鳌拜灭枭雄，绥靖三藩圈地终。
攻破台湾兵驻守，驱轰俄帝塞连通。
戡平漠北军威振，整肃寰中政局清。
开垦治河迎盛世，功劳政绩德声宏。

　　注：康熙，即爱新觉罗·玄烨。世祖第三子。清代
皇帝，清圣祖，年号康熙，1661～1722年在位。

酷爱郑板桥三绝

三绝诗书画入神，垂成气意趣连真。
弹毫宁丑飞行隶，研墨多师点石筠。
明世喜惊魂献赋，为民笑骂骨依文。
板桥体系千秋立，雅俗标新怪杰心。

注：郑板桥，清书画家、文学家。名燮，字克柔，号板桥，江苏兴化人。雍正举人，乾隆进士，曾任山东范县、潍县知县，后助农民胜讼及办理赈济得罪豪绅而罢官。居扬州卖画，为"扬州八怪"之一。工诗词。写民间疾苦，为世称道。

题曹雪芹纪念馆

门前茂树古槐幽，故井微波着意留。
卧佛太虚禅幻境，香山元宝石遗沟。
河墙烟柳千松老，枫苇烽墩万木秋。
十载著书黄叶寨，人间非梦警红楼。

注：曹雪芹，清小说家。名霑，字梦阮，号雪芹、芹圃、芹溪。为满洲正白旗包衣人（奴仆）。祖三代任江宁织造，雍正初年，政治斗争牵连，抄家免职，随家迁居北京。贫病而卒。著《红楼梦》八十回。

袁枚衷诗情

小仓山上置鸿门，宁宇潜心论著存。
两派骚坛今古辩，四方名士晦明吟。
随园诗话情精析，祭妹文章惋郁湮。
诵读泫然师泪下，少时听课记犹新。

　　注：袁枚，清诗人。字子才，号简斋，随园老
人，浙江钱塘（杭州）人。乾隆进士，曾任江宁等地知
县。辞官后侨居江宁，筑园林于小仓山，号随园。诗多
以新颖灵巧见长。又能文。

林则徐永垂青史

赴广禁烟功卓著，虎门焚毒众人称。
诬良革职充军远，赤子公心耀汗青。

　　注：林则徐，清末政治家。字元抚，一字少穆，
福建侯官（福州）人。嘉庆进士。曾任东河河道总督、
江苏巡抚、湖广总督，严厉禁烟，在任两广总督时受诬
害革职，充军新疆。后起用陕西巡抚，擢云贵总督，因
病辞职回籍。途中病逝于广东普宁。能诗文。

龚自珍

己亥杂诗生异彩，病梅馆记惜人才。

慨然议论瀛寰事，一代新风达士怀。

注：龚自珍，清末思想家、文学家。一名易简、巩祚，字璱人，号定庵，浙江仁和（杭州）人。道光进士。官礼部主事。为文奥博纵横，自成一家；诗词瑰丽奇肆，有"龚派"之称。

感怀谭嗣同烈士

旋风呼啸卷神州，沉睡雄狮岁月稠。

救国忧民欣觉醒，维新变法笃期求。

锋芒直指君王制，平等仁通哲匠谋。

慷慨献身酬大义，改良无望搏从头。

注：谭嗣同，中国维新派政治家、思想家。字复生，号壮飞，湖南浏阳人。

谒中山陵

紫金山上响洪钟，翠绿林中气势雄。
唤醒黎元怀壮志，推翻帝制建奇功。
山河竞秀丰碑立，日月增辉大业宏。
一代伟人长感念，如今国盛慰孙公。

注：孙中山，中国近代伟大的民主革命家。名文，字德明，号日新，改号逸仙，后化名中山樵。广东香山（今中山市）人。

秋瑾碧血垂千古

国忧民困过门憎，壮志雄心自妙龄。
笔下全无脂粉气，诗中独有俊豪风。
亭台碧血忠昭信，侠女丹情鉴至诚。
先烈悲歌垂万古，遗芳青简纪英名。

注：秋瑾，中国民主革命烈士。字璇卿，号竞雄，别署鉴湖女侠，浙江山阴（今绍兴）人。

珍妃支持维新变法

入宫年仅十三娃，秀丽清纯学识佳。
爱好时风招借口，预闻朝政惹抓茬。
维新变法延皇祚，主战传烽卫国家。
触怒慈禧投入井，长春永在自由花。

　　注：珍妃，清光绪帝妃。他他拉氏。满洲镶红旗人。支持光绪，引起慈禧忌恨。八国联军进攻北京，慈禧逃离时，命太监推入井中溺死。

访苏曼殊故居

凤凰山下沥溪村，苏氏民居幸访寻。
碧瓦青砖风雨屋，红鹃绿树霁烟云。
八年故里投蒙馆，壮齿他乡遁佛门。
作画吟诗编撰译，英才早逝晓星沉。

　　注：苏曼殊，中国文学家。原名玄瑛，字子谷。后为僧，号曼殊。广东香山（今中山市）人。留学日本，漫游南洋各地。能诗文，善绘画，通英、法、日、梵诸文。曾任报刊翻译及学校教师。

缅怀朱德委员长

举义南昌万炬红，　井冈会合奠殊功。
恢宏威振元戎气，　笃厚慈祥长者风。
汩汩流泉馨九畹，　怡怡对弈峙双翁。
建军开国丰碑树，　千古光辉德政崇。

注：朱德，中国无产阶级革命家、政治家、军事家，中国共产党和中华人民共和国的主要领导人之一，中国人民解放军的主要创建人和领导人之一。字玉阶，四川仪陇人。

忆刘伯承元帅

终生行伍不离兵，所向无前鼎鼎名。
进得城来观万象，清宁石首教鞭腾。

注：刘伯承，中国无产阶级革命家、军事家，中国人民解放军的创建人和领导人之一。原名明昭，四川开县人。

毛泽东颂

雄才大略放光华，推倒三山举世夸。
万众欢腾齐献颂，神州屹立照红霞。

注：毛泽东，马克思列宁主义者、中国无产阶级革命家、政治家、军事家，中国共产党、中国人民解放军和中国人民共和国的主要缔造者和领袖，毛泽东思想的主要创立者。字润之，湖南湘潭韶山冲人。

怀念周恩来总理

征程万里起狂飙，身负安危昼夜劳。
奋起勤追多睿智，增辉练达展深韬。
凛然正气忠心佐，高节清风重担挑。
盖世殊勋民敬仰，长留青简上丹霄。

注：周恩来，中国无产阶级革命家、政治家、军事家和外交家，中国共产党和中华人民共和国的重要领导人之一，中国人民解放军的主要创建人和领导人之一。字翔宇，曾用名伍豪等，浙江绍兴人，生于江苏淮安。

怀念彭德怀元帅

立马横刀大帅才，庐山一纸起飞灾。
是非理性归真识，留给千夫自主裁。

注：彭德怀，中国无产阶级革命家、军事家，中国人民解放军的创建人和领导人之一。原名得华，号石穿，湖南湘潭人。

怀念刘少奇主席

十年浩劫三秋故，身入幽图锁罕冤。
两论澄明弘育党，九州怅惋苦思贤。
开邦卓绩碑高树，创业丰功誉盛传。
磨难酷刑奇耻辱，屈伸昭雪喜黎元。

注：刘少奇，马克思列宁主义者，中国无产阶级革命家、政治家、理论家，中国共产党和中华人民共和国的主要领导人之一。曾化名胡服，湖南宁乡人。

纪念邓小平同志百年诞辰

百年寿诞仰高台，理论旌旗送福来。
总设计师猷测绘，全军统帅策删裁。
民殷国盛欣欣上，政美人和面面开。
务实求真肩负重，柱天伟业赖奇才。

　　注：邓小平，中国无产阶级革命家、政治家、军事家，中国共产党和中华人民共和国主要领导人之一，中国人民解放军创建人和领导人之一，邓小平理论的主要创立者。原名先圣，四川广安人。

怀念粟裕将军

打遍尘寰谁敌手？武功赫赫震青霄。
奇兵捭阖驰驱疾，大将纵横进击豪。
百战百谋赢劲旅，七擒七克灭群妖。
授衔谦让三辞帅，风范长垂世所标。

　　注：粟裕，中国无产阶级革命家、军事家。湖南会同人。

参谒怀来董存瑞烈士纪念馆

英雄事迹永留传，模范丰功好党员。
抗日烽烟经闯练，翻身解放历艰难。
桥型暗堡擎天手，火药黄包炸敌顽。
壮烈牺牲垂万世，人民儿子此心丹。

注：董存瑞，河北怀来人。1948年解放隆化的战斗中，手托炸药包炸毁敌桥头堡，用生命开辟部队前进道路。被授予"战斗英雄"、"模范共产党员"称号。

百事吟

念奴娇

中国第一个"家天下"夏王朝

尧权让舜，舜交禹、夏朝建立王国。受命治洪安百姓，疏导立功高卓。节俭勤劳，终生奋斗，部落联盟扩。集中权力，愈加凭借依托。　　拥有巨大权财，带来享受，禅让难超脱。一面用人多俊杰，一面推儿裁夺。羽翼丰盈，伺机传子，深算谋新获。兴"家天下"，中华朝代萌苗。

千秋岁

伐纣封疆建国又亡

商汤灭夏，殷纣淫称霸。周渐盛，兴攘伐。两军征牧野，追击朝歌垮。王自刎，翻身奴隶严诛罚。　　丰镐赢天下，平叛歼王霸。立制度，弘宗法。分封诸爵位，等级抬身价。周末代，难逃昏昧基坍塌。

破阵子

春秋争霸

鼎立春秋五霸，独推齐国头名。伐楚言和休屈服，重耳中兴晋国宏，西秦遂总戎。吴越你争我夺，卧薪尝胆收功。起步犹如强弩末，更被新兴无所容，循环历史重。

唐多令

儒教形成

夫子办私黉，诗书六艺通。德行良、陶冶心胸。文政双收明哲理，平天下、国繁荣。

诸国蹑行踪，师生共伴同。问难题、增识无穷。才广势援成孔教，儒家学、世尊崇。

一剪梅

百家争鸣

战国时期变革增，养士群英，讲学新兴。法儒墨道杂农名，捭阖纵横，诸子争鸣。文化传播风盛行，道德真诚，哲理澄明。强兵富国尽坚凝，思想飞腾，学术高精。

南歌子

孙武和孙膑兵法

孙武和孙膑，将军且圣人。兵书专著古今珍，华夏留传韬略道精深。　讲习加军备，行师并计擒。智谋实战最传神，叙述通明简洁世超群。

离亭燕

秦孝公支持商鞅变法

废井田开阡陌，秦律建功收获。奖励耕耘和纺织，统度量开通货。县制卫君权，编户籍安家妥。　变法宏谟筹措，成为最佳良佐。依赖商鞅谋划策，发愤图强追索。旧制渐消亡，国力生机开拓。

沁园春

秦始皇统一中国

嫪毐诛锄，太后幽囚，黜吕不韦。用革新人物，继承世业，商鞅变法，秦国宣威。发起强攻，根除韩赵，魏楚燕齐依次摧。诸国灭，战大江南北，嬴政扬眉。　　始皇独断奇傀，全主宰、强权一手挥。更颁行郡县，用人任免；钱钞文字，度量衡规。异己戕平，焚书坑士，万里长城虑远危。多民族，赞九州统一，青史名垂。

忆江南

陈胜揭竿而起

陈胜反，吴广一心同。奋起农民威勇猛，推翻苛政暴残凶。华夏立元功。

生查子

楚汉相争

项羽入咸阳，百姓遭屠割。争霸自称王，楚汉鸿沟隔。　　大势助刘邦，十面齐壅塞。处处俱伤亡，一刎焉无责？

渔歌子

汉匈和亲

戎狄中原屡战和，生灵涂炭盼笙歌。嫱出塞，鹊填河，炎黄儿女永投戈。

满江红

文景图治

文帝刘恒，废苛律、躬行劝勉，农为本、民生所恃，励耕租减。美女放回轻建造，宫庭费用均勤俭。筑陵墓、殉葬禁金银，丧从简。

尘外境，兵戈免。咸宁畅，人心暖。固北方边地，应权通变。乐业安居丰产庆，和歌盛际繁荣现。聚财富、喜国泰民康，朝华焕。

桃源忆故人

丝绸先路

千辛万苦凌云志，西域张骞出使，抵达乌孙月氏，多少希夷事。　中华纺织名于世，锦绣丝绸贸易，异物珍奇互市，文化交流始。

减字木兰花

贬诸子扬儒术

　　武功文治，思想率先施控制。儒学开基，选择天人三策宜。　　百家贬黜，唯我独尊成国术。天下遥瞻，自古君王独集权。

酒泉子

佛教传入中国而盛行

　　普渡众生，一帖慈悲方剂。入神州，传佛理，顺民情。　　依从黄老神仙术，菩萨多祈福。靠皇威，儒学附，莅华兴。

菩萨蛮

道教传世

　　土生土长中华教，鬼神巫术先民祷。老子作神灵，永遵道德经。　　天师新道始，换代相传世。演变盛衰筹，释儒道合流。

谒金门

光武中兴

　　西汉止，王莽篡权修制。四起狼烟民举事，乱中刘秀峙。　　废止苛刑故治，解甲复员兵士。赋税减轻奴隶释，重农兴水利。

踏莎行

三国鼎立

东汉终期，黄巾起义，群英争霸称雄立。纷繁魏蜀与东吴，三分鼎足风云际。　　动荡频仍，政争升级，曹丕废帝威强逼。成都刘备汉重张，孙权即位燃眉急。

好事近

官渡之战

军阀并吞中，袁绍精兵坚固。曹魏面迎强敌，引屯军官渡。　　袁营内部裂痕重，大僚各推阻。仓促率兵南下，致戎机贻误。

一络索

赤壁鏖战

曹操挥师南下，骄矜自大。不通水性急交锋，用铁索、船缠扎。　吴蜀联军征伐，诈降直达。因风纵火烧曹船，水陆进、连根拔。

眼儿媚

淝水之战

八十七万北来军，灭晋易鲸吞。断流鞭掷，一挥而就，归附前秦。　晋军齐整符坚怯，草木为兵群。求秦后撤，渡河决战，军乱湮沉。

醉太平

北魏孝文帝改革

迁都洛阳，须文治邦。清除鲜语衣装，姓随华料量。　均田制臧，调租减粮。宣明禁止抢攘，颂黎民靖康。

昭君怨

隋文帝首推科举制

隋代神州统一，废九品中正制。诏举出贤良，现春光。　墨义帖经试策，取士开科考课。巨子卓清芬，桂枝馨。

长相思

开凿大运河

凿运河，开运河，扬子黄淮浙共波，贯通南北过。　　寒吟哦，饿吟哦，疾病伤亡又若何？引吭众伏魔。

少年游

隋末农民起义

大兴土木，横征暴敛，纸醉且金迷。田地荒废，民穷财尽，战乱满疮痍。　　瓦岗翟李，江淮杜辅，窦建德扬旗。举义农民，揭竿而起，隋倒国基移。

十六字令

玄武门之变

权，玄武门中瞬息间。亲何在？夺位自相
残。

一丛花

贞观之治

唐初盛世却思危，奋起共攀追。归农务本
轻征税，释宫女、解放陪随。惩罚慎刑，颁行
唐律，经纬振声威。　　导扬节俭靡知非，削
阙下累累。三军改革修兵制，办学校、科举成
规。遵职授官，广开言路，贞观治增辉。

风入松

唯一女皇武则天掌权

改朝换代女称皇，国号不随唐。贪官酷吏兴冤狱，严弹压、政敌除光。连废双君显旦，戮诛宗室忠良。　　初行殿试择匡襄，武举首开场。官违法纪皆严办，守关隘、巩固边防。鼓励农田生产，下安上乱王纲。

捣练子

开元之治

抛弊政，善裁员，缩减开支赋役钱。水利粮农齐发展，太平治世在开元。

水龙吟

安史之乱

玄宗天宝年间，荒于朝政迷歌舞。佞臣宰相，宦官妃子，宠娇无度。沉溺开边，地方割据，贪赃仓鼠。遂反唐兵起，叛军南下，洛阳陷、潼关戮。　　祸起禄山何速，乱糟糟、出逃迫促。马嵬驿至，禁军哗变，群情激怒。国舅当诛，贵妃缢杀，储君填补。有将军平叛，翦除安史，两京收复。

女冠子

文成公主和亲

松赞干布，求得联姻满足，喜盈盈。修筑新宫室，欢歌艳舞迎。　　文成公主入，藏汉共销兵。各族同康乐，万方宁。

浣溪沙

永贞泡沫革新

　　王叔文为改革谋，京官李实贬开头，关停宫市解民忧。　　巧夺钱财先接管，难捞兵柄反追究，阉奴釜底取薪筹。

如梦令

牛李党争

　　牛李党争私念，气味相投成见，唐帝国衰微，内耗兼程危难。纷乱！纷乱！害己损人悲叹！

荷叶杯

黄巢起义

土地侵吞加剧，长虑，矛盾更深沉。晚唐权柄自危临，蹇舛遇昏君。　起义黄巢征战，摇撼，御座似山崩。绝无先例倡均平，虽败志传承。

鹊桥仙

乱世五代十国

干戈蜂起，政权林立，五代兴亡十国。称雄割据丑登场，大动荡、分崩摧挫。　严刑峻法，苛捐杂税，搜刮侵吞豪夺。民生凋敝惨人寰，世变乱、兵灾横祸。

忆王孙

石敬瑭割让燕云十六州

觊觎帝位与人谋，认敌为爹万世羞。割让幽云十六州。古今愁，曲膝卑躬贱骨头。

相见欢

陈桥兵变

国疑主幼之机，诈分歧。军至陈桥兵变、返京师。　　黄袍上，假推让，赵登基。都建汴梁称宋、岁华移。

调笑令

杯酒释兵权

杯酒！杯酒！兵柄必须在手。将军三复斯言，翌日称病释权。权释！权释！至此君王安适。

青玉案

杨家将抗辽

杨家历代多名将，内折氏[①]、施兵仗。长子延昭君厚赏，捐躯延玉，亲孙文广，男女征疆场。　代州长宁同辽抗，驸马刀剁捉朋党。屡立丰功常受奖，元戎猜忌，刁难诽谤，拼死何悲壮。

注：①折氏：杨业妻子折氏，在传统戏里、都作"佘太君"，可能由于"折"，"佘"读音相近。她善骑射，曾帮助丈夫屡建奇功。

玉楼春

澶渊之盟

不能知己非知彼，怕死贪生犹恐敌。宋军士气振云霄，休战纳银和第一。　　辽兵形势非犀利，急欲和谈盟约立。丧权辱国在澶渊，猾吏昏君哀太息。

瑞鹤仙

王安石变法

王安石变法，定青苗均输；农田水闸。均衡购销价。却行情看好，理财通达。治安保马，合兵农、军监保甲。整治军、富国强兵，防御并兼征伐。　　谁答？谨严吏治，实学真才，擢升选拔。征招详察，停诗赋，重博洽。立学堂制度，三经通义，标准楷模政化。业光辉、五谷丰登，国风振发。

点绛唇

方腊宋江起义

锄暴安良，翻身举义依方宋，黔黎大众，奋起千般勇。　　皇帝赃官，霸道权专宠。旌旗动，衙门直捅，失败重归拢。

诉衷情

靖康之变

金兵西路渡黄河，吓得直哆嗦。钦宗奉上降表，可耻只求和。　　拘二帝，劫瑶珂，掳宫娥。立儿皇楚，禁省抢攘，没奈愁何？

更漏子

岳家军抗金

岳家军，英勇旅，卫国保家兵举。连杀敌，急先锋，空前威望升。　　风雨夜，扬黄钺，奋战顽强浴血。攻则克，救无辜，健儿征北胡。

柳梢青

成吉思汗统一蒙古

蒙古高原，草原游牧，狩猎林岚。部落联盟，英雄独出，成吉思汗。　　一生东扩西延，大帝国、全新治权。拓土开疆，伐金征夏，候扇迎銮。

惜分飞

忽必烈建元朝

注重文明宜汉化，大有为于天下。用圣人谋划，大兴学校优提拔。　围垦屯田倡力稼，水利农田开发。最后临安伐，元朝建国垂华夏。

小重山

朱元璋建明自始至终杀人

平定中华不杀人，小明王溺死，首锄尊。红巾见斥变妖瘟，张问斩，北伐做人君。

诛戮大功臣。刘基吞毒药，杀淮勋。胡门蓝党尽除根，徐泪忌，保位众寒心。

一斛珠

朱棣靖难

削藩近逼，引来朱棣惊殃己。假清君侧藏奸秘。问罪师横，严把齐黄斥。　　皇孙传继生猜忌，时怀窥测降龙意，燕王夺位兴兵起，大破京师，惠帝永难觅。

朝中措

郑和下西洋

明朝航海美名扬，三保下西洋。隐察建文安在，自矜还是通商？　　加强了解，往来贸易，友谊绵长。丰富行船知识，瀛寰万古流芳。

玉蝴蝶

土木堡之变

宦官王振专权，蒙古铁骑喧。南下掠天翻，亲征不测渊。　　大军遭袭杀，缺水乱成团。土木堡师歼，帝俘当汗颜。

六州歌头

张居正改革

明昌转萎，显国匮民穷。张居正，任丞相，德声宏，寸心忠。鼎革为先导，核名实，清吏治，考勤笃，严纲纪，减平庸。整饬士风，博学唯才用，绩效评功。又练兵备战，要塞戍边宁。箫鼓齐鸣，鬼神惊。　　使财源茂，浚黄堵，疏河道，水流通。改税制，量土地，富豪抨。赋金轻。施一条鞭法，徭役合，以银征。储存易，便集运，众人称。兼并隐欺除尽，固邦本、办事从公。乃九州余裕，其帑库丰盈，瑞气融融。

鹧鸪天

戚家军平定倭寇

东海之滨倭寇侵，扰吾闽浙害吾民。洗城劫掠悲和恨，残暴骄横智却昏。　　忠勇士，戚家军，泰山难撼济时心。猛攻善战鸳鸯阵，斩尽残兵天下春。

钗头凤

东林党与阉党之斗

东林党，纵横讲，高谈阔论朝纲抗。时政晓，改良导。众民专注，述评佳妙。好！好！好！　　阉人罔，东西厂，经纶国政封官掌。相欺傲，凶残暴。杀害忠士，一同清剿。恼！恼！恼！

行香子

明末农民大起义

　　九曲长川，云贵高原。东滇岸、地覆天翻。剿兵安众，杀富声援。看荥阳会，联合战，敌军歼。　　皇亲国戚，斩首刀剜。明王朝、崩塌摧颠。闯王起义，粮免均田。但路途远，多壮举，苦开先。

霜天晓角

郑成功收复台湾

　　荷兰海盗，侵占台湾岛。赤子盼归怀抱，千军渡、霜天晓。　　郑成功取道，乘风将贼讨。围困赤嵌城堡，白旗举、降书到。

卜算子

清军入关

李闯进京师，事败明亡溃。反叛降清引寇来，丑类吴三桂。　　颠倒是非哀，私利何开罪？只为红颜失国家，改史由谁悔？

喜迁莺

平定三藩

吴耿尚，尽招降，功大各封王。朝廷警觉速提防，机变撤藩忙。　　奸宄辈，尤谲诡，割据反清摧毁。八年纷乱靖三藩，安国固边关。

归自谣

统一台湾

招抚策，反正郑军优上座，争先恐后投诚热。　　施琅器重攻必克，威能慑，台湾统一丰碑勒。

人月圆

康熙抗击沙俄并签尼布楚条约

沙俄趁乱龙江扰，劫掠更侵吞，圣君征讨，夷兵数万，一举湮沉。　　敌求面洽，在尼布楚，缔约推尊。法规平等，章程合理，两国遵循。

天仙子

平定准噶尔叛乱

噶尔丹酋锄政敌，扩张权势风雷激。天山南北俱侵陵，溟漠逼，漠南击，一局清军平叛逆。

摊破浣溪沙

鸦片战争

英为通商变逆差，大烟荼毒我邦家。民众遭殃家国萎，市声哗。　南粤林公查雅[①]片，频繁击退速盘拿。敌寇不甘攻定海，犯中华。

注：①鸦片，又名雅片。

醉花阴

甲午海战

日占朝鲜当跳板，斗胆兴兵犯。旅顺大连攻，袭击牙山、溃败清军乱。　　北洋舰队风云变，两路包围战。威海卫坍台，覆灭全军、辱国丢权鉴。

江城子

虎门销烟

珠江入海国南门。大烟焚，爆新闻。海防整顿、严办贩烟人。当众销烟崇壮举，威震世，至如今。

水调歌头

太平天国运动

洪秀全征伐，率众起金田。武装反抗清帝、秉国换新天。建制封王严纪，整肃施行天历，革命政权宣。乘胜出师利，一举克钟山。

反侵略，禁鸦片，太平年。天朝田亩、颁布制度美家园。跋扈居功自傲，出走内讧残杀，声色俱贪馋。中外相勾结，失败究根源。

定西番

辛酉政变

承德咸丰殒坠，风浪起，歹慈禧，毒谋施。　　太后垂帘听政，大权一手持。抓住"莫须有"罪，灭三尸。

蕃女怨

洋务运动

自强求富官口号，购买修造：短洋枪，长大炮，战船全套。北洋筹建水师防，守吾疆！

上行杯

戊戌变法

肇始维新思想，民族系、社稷兴亡。成立中华强学会，雄狮勿睡。拒求和，除秽浊，辅佐，兴革，忧国安邦。

暗　香

辛亥革命

驱除靴虏，致定都民国，中华恢复。土地平均，民族民生庶权主。发动兵戎起义，孙中山、劈开航路。参议院、选举成员，颁法令弥补。　　政府，在何处？遇窃国盗贼，篡夺全部。讨袁罢黜，外患兵灾内忧阻。辛亥之年革命，驱除了、清朝妖雾。建共和新政体，备尝艰苦。

伤春怨

中国同盟会成立

首创同盟会，四会齐心同轨。唤醒我人民，腐朽清朝崩溃。　　定规臻完备，起义先锋队。辛亥举旌旗，改组党、心交瘁。

风光好

中华民国成立

乱纷纷，众云云。民国初期气象新，转乾坤。　　袁贼窃国欺蒙压，人民骂，革命无成白苦辛，夜沉沉。

虞美人

新文化运动

播扬民主和科学，批判儒家烈。伦常道德尽翻新，文化革新风气绝前人。　　客观论理凭依据，发展遵规律。中西褒贬勿过头，历史如今回首喜兼忧。

西江月

五四爱国运动

和会巴黎落幕，中华反帝声扬。学生集会志坚强，一石千层波浪。　　卖国引来民愤，游行烧宅捶狼。罢工罢课共相帮，胜利歌声回荡。

琴调相思引

中共一大

苦难中华夜雨寒，嘉兴湖上启红船。赞同纲领，十五款宣言。　　革命前程开远境，传播马列喜高瞻。工农奋起，曙色现天边。

伤情怨

大革命

　　头次国共合作，反列强侵割。北伐军兴，工农相配合。　　击溃吴孙腐恶，两租界、顷刻消撤。解放申江，屠夫肝胆裂。

愁倚阑令

南昌起义

　　茫茫夜，在南昌。举刀枪。反对蒋汪偷国柄，赤旗张。　　革命怎能谦让？武装抗击强梁。转战大江南与北，盛名扬。

清平乐

十年内战

蒋冯阎桂，北伐风云会，铁腕操戈终击退，诈伪独夫作祟。　　南昌起义争先，长征到达延安。衣食丰盈割据，共同抗日名传。

画堂春

秋收起义

秋收起义赣湘边，心馀力绌维艰。转移山地僻乡间，星火燎原。　　逐渐包围城市，武装夺取全权。掀天揭地井冈山，革命摇篮。

夜行船

"九一八"事变

策划侵华行事秘,关东军、昧天欺地。借口交兵,沈阳陷落,占领众城乡里。　　国府无能遭速击,敌凶残、野心狼戾。刻骨深仇,铭诸肺腑,誓死剪除强敌!

夜游宫

西安事变

骊麓狂飙掉转,救中国、共同抗战。大义昭彰犯颜谏。意志诚,舍安危,丹心献。民族英雄胆,半纪因、历经艰险。千古功臣汗青鉴。不怕死,不为钱,男儿汉。

解佩令

卢沟桥事变

卢沟晓月，遭逢灾劫，暴风卷、伤怀激切。倭寇邪行，烧杀抢、奸淫侵掠，军民起、救亡喋血。　　雄狮惊觉，一声号角。国魂扬、精忠英烈。气壮中华，自古今、焉容妖孽，倚卢沟、永思湔雪。

金字经

台儿庄大捷

日寇频侵扰，夹攻津浦包。拦击兜抄中我招，高。合围巷战骁。除魔爪，凯歌冲九霄。

醉公子

南京大屠杀

日寇真狂妄，得意嚣尘上。惨绝石头城，滔天罪血腥。　屠杀奸淫掳，愤起神州怒，三十万生民，全城洗劫焚。

忆秦娥

长　征

征战烈，四过赤水奇兵越。奇兵越，军心如铁，险峰明月。　破围泸定齐欢跃，雪山草地人烟绝。人烟绝，寒风凛冽，会师同捷。

望江东

平型关战斗

迎击东洋虎狼敌，义勇士，英雄气。包抄敌后巧奇袭，大雨里、行军秘。　　军车百辆匆忙抵，中了我、关门计。突然开火跃身起，速分割、围歼你！

巫山一段云

百团大战

华北攻坚战，雄师八路军。痛歼倭寇虎狼群，决胜扭乾坤。　　国耻家仇烈，军威士气伸。百团大战力千钧，捷报慰人民。

武陵春

抗日战争

七七风波平地起，赤子卫江山。抗日军民鱼水连，国共互声援。　　苏美盟军齐出击，华夏史空前。肉搏冲锋持八年，奏凯勒铭还。

临江仙

日本投降

中美苏军三路战，重创日寇豺狼。欲图本土作韬光。关东军北败，原子弹新尝。　　痛苦狐疑终选择，日皇宣告投降。损人害己两摧伤。纵观人类史，玩火必身亡。

阮郎归

重庆谈判

缘何三请隐真言，和平建国难。本无诚意不心专，调兵遣将欢。　　真内战，假和谈，边谈边打间。鸿门宴戏又轮番，正邪民辨奸。

荆州亭

解放战争

亿万人民憧憬，实现中华强盛。民主与和平，建设蓝图保证。　　国府倒行专横，协定终成画饼。征伐救无辜，歼灭蒋军全胜。

采桑子

中华人民共和国诞生

　　共和新诞齐隆庆，革命成功，历史横空，倒海排山气势宏。　　人民民主新中国，独立尊荣，统一心同，自力更生频岁丰。

蝶恋花

抗美援朝

　　鸭绿江横风雪暗。抗美援朝，勇士频征战。志愿军威身矫健，巧歼劲敌人民赞。登陆仁川长进犯。跋扈专行，欲把中朝撼。迎击打回三八线，敌军被迫干戈免。

南乡子

马寅初《新人口论》

人口论，马寅初，真知灼见数行书。首要提高人质量，控生养，计划妊生心志广。

秋风清

真理标准讨论

长期惑，喜有收。实践验真理，清风澄九州。迎来鼎革新时代，鹏程万里数从头。

贺新郎

中共十一届三中全会

万众同期待。要消除、十年动乱，左倾遗害。马列重新坚确立，险阻从头超迈。务求实、攀登不怠。团结精诚相一致，总方针、指引瑶光彩。改革策、民拥戴。　　终将阶级为纲改。抓中心、全神建设，一鞭飞快。比例失调排困扰，加速兴农换代。立法纪、严惩腐败。假净冤伸平错案，制健全、民主初通泰。大转折、雄心在。

太平时

公审"四人帮"集团

审"四人帮"申众冤，执公权。摧残颠覆害人奸，罪滔天。　　祸国殃民裁死缓，刑难免。神州同庆万民欢，挽狂澜。

东风第一枝

邓小平南巡

名世南巡，深珠顺沪，沿途重要谈话。重新焕发生机，改革遍行天下。坚持开放，促发展、物流通达。永奋斗、转换经营，路线百年飞跨。　　大胆试、迈开步伐，要市场、还兼计划。姓"资"姓"社"休争，两极不能分化。严防"左"右，共富裕、民生为大。两手硬、两手齐抓，反腐振兴华夏。

浪淘沙

港澳回归

近百载蒙羞，谁补金瓯？回归万众喜心头。一国中华行两制，伟业千秋。　　返燕一心投，君子花稠。澳人治澳颂丰收。盛世高歌隆合浦，大庆神州。

太常引

情系奥运

春雷响彻彩云空。今夕满霞红。申奥北京荣。喜圆梦、光辉庆功。　　神州屹立，涛翻浪涌，朗照跃腾龙。景煦拂薰风。五环竞、寰球大同。

渔家傲

加入世界贸易组织

十五春秋艰苦议，闻传入世佳消息。开放革新勤治理。风云际，环球接轨当霄立。遵守定规增动力，多边贸易维权利。确信履行专责细。频受益，繁荣经济多赢喜。

青门引

中华诗词

华夏诗词国，传统美哉文化。长江九曲水流长，辉煌灿烂，壮阔古高雅。　　继承发展新追索，合律严规则。岂唯婉约豪放，广开思路方宏博。

百花吟

梅

故里千林第一梅，风姿气骨自奇瑰。
盘根老干新枝嫩，吐蕊芳花艳蕾微。
腊破清香迎喜雨，春传消息到边陲。
落花时节农家乐，干果经销致富归。

注：梅，别称春梅、清客、一枝春等，蔷薇科落叶乔木。先叶开放，花多为白色和淡红色，具清香。原产我国。

一品红

一品红装懒剪裁，朱花如叶色分开。
当朝宰相谁尊贵，理应真才美德排。

注：一品红，亦称猩猩木、圣诞花。大戟科，落叶亚灌木。原产墨西哥和中美。

君子兰

持剑亲兵立两排，英华君子正中来。
酡颜启口抬头笑，挺拔端方趣每怀。

注：君子兰，别称大花君子兰。石蒜科，多年生
草本，根肉质。原产非洲南部。

水仙花

朔方万户不栽梅，春令相邀淑媛陪。
粉色冰心妍玉骨，银台金盏丽琼瑰。
含香雪貌当门立，见影仙风入室回。
出水洛神容展露，佳人空谷梦芳菲。

注：水仙花，别称天蒜、雅蒜、金盏银台、凌波
仙子等。石蒜科多年生草本。以福建漳州最著名，上海
崇明亦佳。

小苍兰

骨立数丛苍翠箭，侧生黄白紫红花。
芳馨如入芝兰室，肃穆娇娆分外佳。

注：小苍兰，亦称香兰、香雪兰。鸢尾科，多年
生草本，具球茎。我国各地均有载培。

腊　梅

花黄浸蜡缀枝头，斗雪经霜茁朵稠。
一股香波飘宅里，十分傲骨战寒流。
高新胆略心胸阔，淡泊襟怀品格优。
不负春临增颖秀，玲珑光洁玉瑛酬。

注：腊梅，一作蜡梅，别称腊木、香梅、黄梅
等。腊梅科，落叶灌木。产于我国各地。

仙客来

日暖阳台远客来，寒冬冰雪数枝开。
心形圆叶青葱色，赤兔奇花玉凤钗。
天上嫦娥飞广宇，人间仙女落尘埃。
临窗喜报春华到，招展妍姿一字排。

注：仙客来，亦称兔耳花、兔子花。报春花科，多年生草本，球茎扁球形。原产希腊、叙利亚。

瓜叶菊

黄瓜叶上绽千花，一片深蓝悦目华。
绚丽丰盈生异彩，交辉满屋落春霞。

注：瓜叶菊，别名千日莲、千叶莲。菊科多年生草本。原产大西洋加那利群岛。

马蹄莲

喇叭缺口马蹄奔，包裹鲜黄一锦心。
纯洁欢愉迎胜利，年年两度萼更新。

注：马蹄莲，别名水芋、野芋、慈菇花等。天南
星科，多年生草本，具根状茎。原产非洲南部，世界各
地广为栽培。

白茶花

满涧连山列万仙，幽丛蓊郁露华鲜。
堆霞酿雪琉璃碗，傅粉梳妆白玉颜。
浓叶新枝招蛱蝶，芳姿劲节斗婵娟。
上坟伴戚观花艳，何日回乡旧梦圆？

注：白茶花，山茶花中的一个品种，野生，山茶
科，常绿灌木或乔木。原产我国和日本。

兰

深山幽谷出芝兰，培育孳生值万千。
刚劲修长光泽润，秀华淡雅玉容鲜。
清新淳厚怀香气，洁净高标入绮栏。
曾识阳春芳意献，嫣然对舞画图观。

注：兰，亦称兰花、兰草、幽客、春兰、幽兰、
九畹花等。兰科多年生常绿草本。产于我国南部。

蟹爪兰

蟹足霸王双玉树，悬垂华盖紫红花。
清妍绚丽金钟艳，何日重逢萼绿华？

注：蟹爪兰，亦称蟹足霸王鞭、仙人花、锦上添
花等。仙人掌科，肉质植物。原产巴西，我国大多在室
内栽培。

碧　桃

京郊春染碧桃园，艳色缤纷绣锦团。
飞燕轻盈双翼竞，啼莺柔婉五弦弹。
刘郎莫叹玄都观，陶令空怀世外源。
今日繁花凝万树，清华韵绝敢争妍。

注：碧桃，是桃的变种，蔷薇科，落叶小乔木。
有不少品种，如红碧桃、粉碧桃、白碧桃、花碧桃、洒
金碧桃、四学士等，供观赏。

桃　花

江南塞北一家春，锦浪绯桃共染芬。
唐苑仙葩飞绛雪，武陵烟树落红云。
十分艳色迎风笑，一种幽香带雨馨。
轻薄微词抛另册，今人多议见心真。

注：桃花，别称天采、玄都花、红雪、妖客、轻
薄花等。蔷薇科落叶小乔木。原产我国。

连翘花

雪中秀挺岁寒姿，千朵鲜黄嵌满枝。
莫与迎春同看待，群芳异种绽阳时。

注：连翘花，木樨科，落叶灌木。原产我国北部
和中部，各地广为栽培。果或果壳入药。

倒挂金钟

灯笼花放似金钟，挂满全株照眼红。
黄穗风摇纤巧甚，玲珑娇爱意融融。

注：倒挂金钟，又名灯笼花、吊钟花、侧挂钟、
灯笼海棠、吊钟海棠等。柳叶菜科，小灌木。原产南美
洲。品种较多。

令箭荷花

一箭传来号令欢，荷花怒放乐心田。
芳姿灼灼常遮日，长鞘雍雍始卷帘。
不染污泥全在己，平生廉正好为官。
荡人肺腑精神爽，岂负求知以德先。

注：令箭荷花，仙人掌科，多年生草本，我国各地多在温室栽培。

迎春花

嫩寒轻暖迎春早，质朴无华淡雅妆。
万蕊鹅黄开绿蔓，千枝葱翠绕朱廊。
随风摇曳金波荡，映雪醇和喜气扬。
一片情怀添美意，新年纳福献辉光。

注：迎春花，亦称迎春、抱春花、金海、金腰带等。木樨科，落叶灌木。原产我国中部、北部各省，各地常栽培供观赏。

玉渊潭樱花园赏樱

樱花园内丘蟠伏，古朴情怀野趣淳。
一树绯云霞锦绮，千株绛雪气清新。
落英碎玉飘红素，凝艳缭绫坠白馨。
斜日潭前风拂拂，韶华秀实不藏春。

注：樱，又名樱花、山樱桃、朱樱、含桃、荆桃
等。蔷薇科，落叶乔木，产于我国和日本。

梨　花

春色沉沉一树白，雨中犹见贵妃来。
香痕淡粉依瑶井，酒晕轻红上月台。
北院裁冰寒雾宿，东墙剪雪素花开。
孤芳自赏堪遗弃，难得人生几感怀。

注：梨花，别称密父、果宗、快果、玉乳、淡客
等。蔷薇科，落叶乔木。原产我国。

杏花节游

妫川千顷杏花开，大道争先接轸来。
蓓蕾枝头红簌簌，丛林雪垄白皑皑。
香飘沃野迎人笑，色染新畦向日栽。
绮丽田园犹自醉，开心惬意久徘徊。

注：杏花，别名及第花、得意花、艳客等。蔷薇
科，落叶乔木。原产我国，各地分布最广。

状元红

伞形花序状元红，圆叶波纹密簇拥。
异味全株冲鼻嗅，大千世界有无中。

注：状元红，亦称赪桐、贞桐花，马鞭草科，落
叶灌木。原产我国南部。

素馨花

西域嘉葩悦目华，榆城绝色贮丹霞。
花开素洁浓阴密，质本清芬碧影斜。
六瓣盈盈冰朵小，满丛郁郁玉肌佳。
水晶山野生凉气，又梦回乡处处家。

注：素馨花，别称素只、素英、玉芙蓉、那悉茗花、素馨等。木樨科，常绿直立半灌木。我国云南、广东等地均有栽培。

玻璃翠

彩蝶翻飞四季红，细长弯曲梗圆通。
玻璃翠孕枝茎旺，终岁青春赏秀容。

注：玻璃翠，别名何氏凤仙、四季红。凤仙花科，多年生温室草本花卉。原产非洲。

月季花

花朝皇后立芳丛，日朗风和映碧空。
长蔓明妆来梦里，青茎素影在歌中。
迎风玉露妖娆态，沐雨珠凝柔美容。
永葆笑颜天下绝，伴君春夏与秋冬。

　　注：月季花，别称胜春、瘦客、痴客、长春花、
四季蔷薇、月月红等。蔷薇科，低矮落叶灌木。花色品
种很多种，常开。产于我国。

美人蕉

绮丽芳容窈窕身，随风起舞翠罗裙。
甘居园圃存昆友，难入厅堂与路邻。
锦簇娇红添美景，清新雅洁不欺贫。
常怀甘露心灵秀，脉脉含情独醒魂。

　　注：美人蕉，又名红蕉、昙华、美女樱。美人蕉
科，多年生草本，具块状根状茎。多产在美洲、非洲、
亚洲热带。

朱顶红

君子兰名闻禹甸，为何朱顶不分红？
喇叭轿子人迎合，俏俊无骄自肃恭。

注：朱顶红，别名朱顶兰、百枝莲、柱顶红，石蒜科，多年生草本，具球形鳞茎。原产地秘鲁。我国各地有栽培。

牡　丹

何须芍药桃花比，各有尊卑论短长。
赋紫云裳西子舞，娇红金镂玉环妆。
暖香富贵霞千片，醉艳风流锦一堂。
科技日新开四季，江南朔北撷瑶芳。

注：牡丹，别称洛阳花、富贵花、百雨金、木芍药、谷雨花、鹿韭、贵客、赏客、非花王、花王、洛花、紫云英等。芍药科落叶小灌木。原产我国西北部。

芍　药

百花欲绽遵时序，芍相勤王独殿春。
紫蝶献金豪待客，红云映日笑迎人。
山川霜雪娇娆朵，粉玉胭脂锦绣根。
虽与牡丹同一色，无争高下尽冰心。

　　注：芍药，别称花相、花药、近客、将离、没骨花、娇客、艳友、离草、婪尾春等。芍药亚科，多年生草本，产于我国中西部及东北。

蝴蝶兰

红花白朵理新妆，叶展茎蜷蛱蝶翔。
结队成行争彩艳，翩妍娇态任悠扬。

　　注：蝴蝶兰，属于热带附生兰科植物。原产东南亚洲，我国台湾为著名产地，云南、广州、广西多是人工杂交品种。

风信子

五色水仙花烛艳，镂雕千朵出中央。
丰肥翠绿铜盘护，围绕华灯耀四方。

注：风信子，亦称五色水仙、洋水仙。百合科，
多年生草本，鳞茎近球形。原产南欧、非洲、土耳其，
我国各地常栽培。

法源寺赏丁香

法源寺解丁香结，海内名流广座中。
紫玉微风飘馥郁，碧裳映日献鲜秾。
娉婷绰态高坛伫，曼妙宜人老圃荣。
开启禅林歌秀色，纷繁锦簇众芳丛。

注：丁香，亦称紫丁香、丁香花、百结花等。木
樨科，落叶灌木或小乔木。原产我国，广为栽配。

木瓜花

独立春寒护绿芽，妖娆亮丽小红花。
茎柯棘刺毋攀摘，报以琼琚献木瓜。

注：木瓜花，又名贴梗海棠、贴梗木瓜、铁角海
棠。蔷薇科，落叶灌木，枝条有刺，先花后叶或花叶同
放。原产我国中西部。

白玉兰

标山古寺门前树，大伞环围万玉镶。
嫩蕊和宁涵皎洁，清心朴质溢芬芳。
森森挺括雍容貌，郁郁葱茏素雅妆。
可惜深山幽谷锁，何时故里论平章？

注：白玉兰，别称玉兰花、应春花、望春花、玉
树、迎春、辛夷等。木兰科，落叶小乔木。产于我国中
西部。

紫　藤

苍郁方蓬架茂荫，扶疏碧翠感清森。
古藤引蔓攀援上，浓叶连茎覆盖均。
串串挂垂飞紫蝶，啾啾欢叫舞青禽。
春风轻拂人欢畅，面对繁花独自吟。

注：紫藤，别称藤萝、朱藤，豆科，高大木质藤
本。产于我国中部。

木棉花

南国英雄古树荣，凛然屹立耀苍穹。
花红烂熳明霞朵，叶绿浓阴碎锦丛。
金焰临风天远大，丹华照水势恢宏。
林园春色山河秀，万木葱茏映日红。

注：木棉花，别称攀枝花、英雄树、红棉，木棉
科，落叶大乔木。产于我国福建、广东、广西、云南、
四川、海南以及越、缅、印度。

忆外婆种杜鹃花

外婆莳种映山红，庭院丛中吐焰彤。
民选十英声显贵，品多千样世推崇。
芳华献秀人人爱，节操讴歌曲曲通。
纵有天生娇丽质，凌风沐雨越寒冬。

注：杜鹃花，亦称映山红、山石榴、红踯躅、鹃花等。杜鹃花科，半常绿或落叶灌木，多分枝。产于我国长江以南各地。

扶　桑

友人赠我玉扶桑，丽卉通红一树芳。
叶绿枝繁增艳色，闲时赏玩意悠长。

注：扶桑，亦称朱槿、佛桑、大红花，锦葵科，灌木。产于我国南部、西南部。

郁金香

园中何处酿琼浆？玉盏千杯啜一觞。
放彩琳琅花俊俏，迷人心醉郁金香。

注：郁金香，又名洋荷花。百合科，多年生草本，具卵形鳞茎。原产中亚细亚，我国各地有栽培。

大丽花

太上安知大丽花，闻名天下七千茬。
延英殿里西施种，献宝宫中宇宙芽。
骨朵风流形秀丽，身姿妩媚色殊佳。
庭园道路芳春驻，美化神州景绮霞。

注：大丽花，别称大理花、大丽菊、天竺牡丹、西番莲、地瓜花等。菊科多年生草本，原产墨西哥，我国普遍栽培。

山丹花

下乡徒步枣园行，乍见山丹举目凝。
凤靥情殷红玉颊，秋波光烁亮金睛。
绿裙石枕亭亭立，翠袖风摇习习生。
一幅天然工笔画，盛开山野入歌名。

注：山丹花，又名红百合、连珠、山丹，百合
科，多年生草本，我国各地均有分布。

榆叶梅

二月梅开闹锦春，繁花连串结成群。
千株万朵浑圆抱，平淡无名自有真。

注：榆叶梅，蔷薇科，落叶灌木或小乔木产于我
国。

紫荆花

紫荆花色占春光，烂漫千枝绛艳妆。
长忆香江归国日，含英唯见棣华芳。

注：紫荆花，别称满条红、乌桑、紫花。豆科，落叶灌木或小乔木。原产我国。

西府海棠

东风轻指塔山梁，工巧天然宿海棠。
开处春姿容映日，乘时秀色意催妆。
院中点翠娟娟静，林下羞红冉冉香。
偶尔游观闲逸趣，频仍蜂蝶为花忙。

注：西府海棠，海棠的一种，又名海棠花、垂丝海棠、梨花海棠。蔷薇科，落叶小乔木，分布我国东南、西南。

夹竹桃

叶如竹柳蕾肖桃，常绿开红点额娇。
清净尘寰无浊气，因材药用不辞劳。

注：夹竹桃，又名柳叶桃，夹竹桃科，常绿灌木
或小乔木，原产亚洲热带，我国各地常栽培。

凌霄花

环绕群龙铁栅栏，凌霄趁势欲飞天。
橙黄玉盏临风堕，碧绿藩篱向日旋。
瘠土盘根怀远志，名花配叶结机缘。
常年总有冰霜冻，战胜严寒不肯闲。

注：凌霄花，亦称紫葳、凌苕、女葳、菱华、武
葳、瞿陵、鬼木等。紫葳科，落叶木质藤本，茎上生攀
缘的气生根。原产我国长江流域和华北。

吊　兰

北国风寒犹有绿，室中高雅吊兰芽。

无香朵碎青青叶，不比灵均九畹花。

注：吊兰，别称钓兰、挂兰、吊竹兰、折鹤兰。
百合科，多年生常绿宿根草本，原产南非，我国引入栽
培。

行道槐花

京中行道两旁槐，阅历星霜百感怀。

玉树千年环路绕，蝶花万朵压枝开。

高精科技功偕出，内外工商客再来。

有意探春徒步赏，通衢直上凤凰台。

注：槐花，其槐树又名不平生、玉树、音声树。
豆科，落叶乔木，分布于我国各地。

木槿花

关在深园自守贫，朝开暮落亦辛勤。
何如桃李争春胜，好趁东风日日新。

注：木槿花，别称舜花、朱槿、赤槿、朝生、朝
菌、朝舜、朝槿等。锦葵科，落叶灌木，产于我国和印
度。

蝴蝶花

鬼脸猫头三色堇，新描蝴蝶幻琪花。
劝君莫笑书生怯，今日庭园追小娃。

注：蝴蝶花，又称三色堇、人面花、猫儿脸、鬼
脸花等。堇菜科，草本，茎有分枝，原产欧洲，我国广
为栽培。

石竹花

艳锦何因不剪齐？精工彩绣麝香衣。
莫同姊妹春罗比，共沐东风巧吐奇。

注：石竹花，别名中国石竹、洛阳花。石竹科多
年生草本，生长于我国中部、北部，常见有美国石竹、
香石竹（康乃馨）等。

紫茉莉

紫红茉莉院庭栽，娇小玲珑笑口开。
入药祛风兼抗氯，采花蓄粉喜童孩。

注：紫茉莉，又名胭脂花、洗澡花、晚饭花、宫
粉豆、草茉莉、夜娇娇、夜繁花等。紫茉莉科，多年生
草本，原产南美洲，我国有各地栽培或自蓄。

茑　萝

惊喜阳台出茑萝，纤纤妩媚绕枝遮。
殷红百朵招人爱，彩凤天来巧遇多。

注：茑萝，又名茑萝松、游龙花、锦屏封、缠松
等。旋花科，一年生光滑蔓草。茎细长、缠绕。原产美
洲，我国各地都有栽培。

虞美人

翩翩蝴蝶满园春，碧血天葩处处新。
化作芳魂丘垄草，伴君垓下吐奇芬。

注：虞美人，亦称丽春花、罂粟花。罂粟科，一
年生草本，原产欧洲，我国各地有栽培。

蜀　葵

节上琼花蜀土生，刚茎挺直萼钟形。
扶疏托叶滋华茂，头顶三尖向日诚。

注：蜀葵，亦称一丈红、大麦秋、蜀季花、端午
锦、龙船花等。锦葵科，二年生草本，产于我国。

十姊妹花

不与梅花比雅容，牡丹华贵更难同。
芙蓉玉立身姿逊，十姊齐心志未穷。

注：十姊妹花，系蔷薇的一个变种，落叶攀生灌
木，茎蔓生，花近蔷薇而略小，簇生十朵或七朵，有深
红、淡红、白、紫等色。原产我国。

鸡冠花

胭脂染赤司晨冠，似卉非花且可观。
明察不啼休类比，报时依靠电机传。

注：鸡冠花，又名鸡冠海棠，苋科，一年生草本，原产于印度。

叶子花

叫出名来即认她，染红叶子献鲜花。
丹朱照眼千娇艳，扑满墙头焕万家。

注：叶子花，又叫毛宝巾、三角花或红花九重葛。紫茉莉科，木质藤本，原产巴西，我国各地有栽培。

玉蝉花

花开蹊径远尘烦，芳草依邻紫玉蝉。
默默无华荒野里，朱堂不慕献春妍。

注：玉蝉花，亦称鸢尾、蓝蝴蝶，鸢尾科，多年
生草本，原产中国中部。

文 竹

叶枝文弱态含娇，容色千年嫩绿苗。
形似无如承傲骨，长吟翠竹仰孤标。

注：文竹，别名云片竹、云竹、平面草、云片
松。百合科，多年生草本，原产非洲南部，我国各地均
有栽培。

小舅赠玉子兰

故里琼珠玉子兰，老来往事忆联翩。
爱心馈赠千金草，巧手穿成一串丸。
素雅枝柯张目赏，馨香花萼伴茶煎。
只因早枯无暇护，何日重栽入梦甜？

注：玉子兰，亦称珠兰、珍珠兰、金粟兰。金粟
兰科，常绿灌木。原产亚洲南部。我国东南、西南有栽
培。

十样锦

万剑丛中竞艳娇，绽开十色序新苞。
衷情插入花瓶体，翠锦春风挺挺条。

注：十样锦，别称菖兰、唐菖蒲、剑兰。鸢尾
科，多年生草本，我国各地广泛栽植。

半枝莲

日出花开临暮合，娇娆夺目小星娥。
肉绒茎叶枝扦插，五色朱颜死不了。

注：半枝莲，别名松叶牡丹、龙须牡丹、大花马
齿苋、太阳花、死不了、草杜鹃等。马齿苋科，一年生
肉质草花。原产巴西，我国各地有栽培。

一串红

爆竹无声一串红，亿盆装点献京中。
恭迎国庆花坛艳，壮阔英姿气象雄。

注：一串红，别名墙下红、洋赪桐、爆竹红。唇
形科，多年生草本，原产南美洲，我国广为栽培。

西双版纳雨中观王莲

骤雨深山顺道游，池中巨叶一轻舟。
霏霏飒飒闻声急，紧打王莲不载愁。

注：王莲，睡莲科，多年生水生草本。原产南美
洲亚马孙河，我国有栽培。

荷　花

莲花池上水云开，阵阵清香扑鼻来。
燕过微波留杏靥，蝶随秀色戏桃腮。
红衣映日千株俏，翠扇临风五角排。
惹醉多情男子汉，立身玉镜望仙台。

注：荷花，别称莲花、水芝、芙蕖、水芙蓉、菡
萏、溪客、净友等。睡莲科，多年生水生花卉。原产我
国。

旱金莲

橘红小号亮铮铮，净土圆荷绿叶蓬。
娇嫩蜿蜒花架绕，鲜妍悦目故园情。

注：旱金莲，亦称金莲花、大红雀、金丝荷花。金莲花科，一年生或二年生草本，原生南美洲，我国有栽培。

石榴花

芳丛弄影石榴红，艳色斑斓翠秀中。
玉润株株迎丽日，霜滋朵朵向春风。
半含嫩蕊开颜笑，忽绽盈枝喜气浓。
寂静看花心畅想，窗前作伴白头翁。

注：石榴花，别名安石榴、丹若、沃丹、金罂、天浆等。石榴科，落叶灌木或小乔木。原产东南欧及中亚一带，相传张骞由西域带入我国。

凤仙花

童年早识凤仙花，生在平常百姓家。
貌不迷人妆不美，味无香气实无华。
女娃指甲通红染，朔果绒毛作鼠嘉。
奉献民间寻快乐，芳丛夕照笑喧哗。

注：凤仙花，别名小桃红、指甲花、指甲草、急性子、透骨草。凤仙花科，一年生草木，原产我国和印度、马来西亚。

玫　瑰

佳丽相随入画中，新妆珠缀玉玲珑。
横斜秀叶丛枝绿，深浅娇花两色红。
浴日多姿犹绰约，迎风韵绝自雍容。
正开时节朱颜俏，独得馨香淑气浓。

注：玫瑰，别称刺玫花、徘徊花。蔷薇科，落叶灌木，枝带刺。原产我国，久经栽培。

缅 桂

苍山脚下白兰香，吐蕊家家小院墙。
玉笔依依茎上立，银簪楚楚叶中藏。
蕙丛抱洁怡怀雅，骨朵含甘喜掇芳。
爱美姑娘挑佩带，长青馥郁入仙乡。

注：缅桂，亦称白兰花、白兰、芭兰。木兰科，常绿乔木。原产印度尼西亚爪哇岛，我国南部各地栽培颇广。

金银花

清香黄白忍冬藤，春夏双花放不停。
蜂蝶纷纷成队过，裙钗楚楚结群拧。
未开蓓蕾身珍贵，赢得金银物厚丰。
道路漫长行足下，扶贫致富献深情。

注：金银花，亦称忍冬藤、忍冬、二花、双花、金银藤、鸳鸯藤等。忍冬科，多年生半常绿，缠绕灌木，我国各地都有分布。

龙头花

彩绸串串扎龙头，艳色斑斓什锦留。
张合机灵唇启口，孩童戏耍乐悠悠。

注：龙头花，亦称金鱼草、龙口花、老虎嘴。玄
参科，多年生或二年生草本，原产欧洲南部，我国各地
有栽培。

茉莉花

伴我平生茉莉花，不离形影总随她。
年年雪瓣盆中种，日日香脂脸上搽。
居室厅堂喷露水，来家宾客泡清茶。
青青白白芬芳朵，悦耳民歌早已夸。

注：茉莉花，又名茉莉、抹历、玉麝。木樨科，
常绿攀缘灌木，原产印度，我国各地都有栽培。

栀子花

雪魄冰葩点绿丛，澄明耀眼露光融。
风姿雅致娇娆貌，气色清华妙丽容。
蕊绽千家宜大地，香飘万里净苍穹。
平生最爱闻芬泽，永葆青春秀韵重。

注：栀子花，别名越桃、鲜支、詹卜、黄枝、山栀、禅客、禅友等。茜草科，常绿灌木或小乔木，原产我国中南部各省。

紫　薇

无皮老树色灰青，初绽新枝一树瑛。
两季万珠千蕊艳，全年百日满堂红。
风轻弄影雕栏下，露溽传香晓月中。
惹得众人争仰慕，悠然心醉寄情浓。

注：紫薇，别名满堂红、百日红、抓痒树、高调客。千屈菜科，落叶小乔木，树干光滑，褐色。产于我国中部和南部。

百合花

赏心百合隐山沟，占尽天时喜有收。
俏胜萱葩孤梗绽，细如竹叶四方抽。
情怀美净涵英秀，品质芳香颂德优。
万绿丛中藏丽色，篱边陶醉客长留。

注：百合花，百合科，多年生宿根草本，原产亚
洲，我国各省都有分布。

绣球花

小巧玲珑联手绣，滚圆万朵汇成球。
蜂狂蝶恋团团转，蕊润苞芳个个溜。
叶茂根深山永在，花红蒂绿水长流。
结缘厚意交融紧，一举传名众口讴。

注：绣球花，别称雪球、聚八仙花、木绣球、八
仙花等。忍冬科，落叶或半常绿灌木。原产我国、各地
有栽培。

木芙蓉

金秋花尽独妍红，雅质清姿立翠丛。
恰似玉人妆俊俏，路边静立木芙蓉。

注：木芙蓉，别名拒霜、华木、木莲、芙蓉花
等。锦葵科，落叶灌木，被毛。原产我国，各地均有栽
培。

波斯菊

校园处处波斯菊，伴我翻书忆友朋。
风雨无情身已老，宛然在目昔时情。

注：波斯菊，别名秋樱、万寿莲、万寿菊、臭芙
蓉。菊科，一年生草本，原产墨西哥，我国各地栽培。

五色椒

珊瑚玛瑙滚圆红，纤小玲珑展冶容。

原本草花呈灌木，北人钟爱喜融融。

注：五色椒，珠椒、五彩椒、天椒。茄科，辣椒的变种，多年生草花，我国各地盆栽，有的房前屋后自蕃。

米　兰

小米闪金黄，莹莹映月光。

绿丛增瑞色，夜静满枝香。

注：米兰，别名米仔兰、鱼仔兰、树兰、碎米兰等。楝科，常绿灌木或小乔木，原产我国和东南亚。

九里香

傣寨金湖树染苍，白花小朵沁芬芳。
清馨郁郁人陶醉，最忆园中九里香。

注：九里香，芸香科，常绿灌木，原产我国和亚
洲热带。

菊

月下东篱带露香，疏烟秋色傲寒霜。
金枝盈把芝茎绿，玉蕊轻身秀萼黄。
佳友诗情吟晚节，幽人酒兴渡重阳。
西风飒飒陶公采，独有芳心窈窕娘。

注：菊，通称菊花，又名黄花、九华、女华、九
花、重阳花、延寿客、延龄客、节花、日精、更生、秋
菊、筹客、佳友等。菊科，多年生草本，原产我国，久
经栽培，品种繁多，最著名花卉。

桂　花

万点金藏绿黛中，人间天上送芳容。
祥云西去琼瑶灿，爽气东来海日融。
娥女思乡常折桂，吴刚斫树永凌空。
浓馨盈溢香心底，更喜清秋积翠重。

　　注：桂花，又称木樨、木犀、梫、岩桂、岩客、
仙客、仙友等。又有金桂、银桂和丹桂之分。木樨科，
常绿灌木或小乔木。原产我国，久经栽培，变种较多。

龙爪花

乳白鳞茎似蒜根，花如龙爪更传神。
丽人杏眼张唇笑，秀萼胭脂吐蕊殷。
叶赏绿裙风撼月，秆添翠色雨藏春。
层岩石缝丹红染，郊野奇观自有真。

　　注：龙爪花，又名石蒜、蟑螂花，石蒜科，多年
生草本，广布于我国西南、东南部。

牵牛花

众多辱骂会攀爬，丑诋吹嘘傲自夸。
织女幽期奔鹊渚，牛郎上路傍篱笆。
无声音响难传话，有意真心送喇叭。
恩爱缠绵情一片，朝颜当做赠簪花。

注：牵牛花，又名喇叭花、草金铃、朝颜、炉银花、狗耳草、长十八、黑丑、勤娘子、盆甑花等。旋花科，一年生缠绕草本，茎长可达三米，蔓生。原产亚非热带，现广布世界。

晚香玉

众生熟睡晚来香，玉立娉婷不自藏。
挹露和风青络带，临窗玩月翠裙妆。
琼枝摆动翩翩影，瑶朵交辉闪闪光。
适意神怡人欲醉，芬菲馥郁沁心房。

注：晚香玉，又名夜来香、月下香。石蒜科，多年生球根花卉。原产墨西哥，我国各地均有栽培。

秋海棠

丰腴拖地绿衣裙，笑脸嫣红粉黛匀。
舞尽东风怜弱女，迎来晓日靓乡人。
三秋盛意留霞影，一片真心见泪痕。
绛萼含情矜腼腆，歌星袅娜锁香魂。

注：秋海棠，别称八月春、断肠花。秋海棠科，
多年生草本，原产我国，品种多，有四季海棠、竹节海
棠、班叶海棠、毛叶海棠、银星海棠等。原产南美巴
西，我国广有栽培。

玉簪花

庭院安家阴湿地，秋分有待玉盘移。
金风雪蕊藏花径，璧月琼枝弄竹篱。
洁白冰蟾贞秀质，清香凉露蕙兰姿。
柔情婉妙怀新韵，时有横簪谑赠妻。

注：玉簪花，别称白玉簪、玉春棒、白萼花、白
鹅仙。百合科，多年生草本，原产我国，各地均有栽
培。

睡　莲

莲池犄角睡美人，游客来回驻足欣。
万朵朝开风里戏，千苞夜合日西沉。
云飘倒影醒还梦，月见羞颜笑亦颦。
香瓣盈盈波荡漾，清新洁丽最销魂。

注：睡莲，又名黄睡莲、子午莲。睡莲科，多年
生水生草本，原产我国，多在公园或寺庙池内培植。

萱　花

款步忘忧草独寻，井然有序结成群。
仪容百媚千枝动，骨朵全开一日沉。
舒叶丛生咸擢颖，长茎柔美更怀芬。
宜男多植疗愁尽，留得行人喜气临。

注：萱花，又名萱草、黄花菜、宜男草、忘忧
草、丹棘、疗愁花、忘归草、谖草、紫萱、女儿花、欢
客等。百合科，多年生草本，我国南北均有栽种。

马兰花

山野荒原大路边，幽芳几缕醉婵娟。
翠凝叶密生兰影，紫染花柔拂草烟。
向日清香瑶蕊馥，披云嫩色玉姿妍。
牛羊蹄踏顽蕃衍，缄默无声遇赏难。

注：马兰花，别名马蔺、马莲、鸢尾科多年生草本植物。产于我国东北、华北、西北及华南。

蒲公英

路陌黄花茇似钉，披针绿叶倒菱形。
征途不惧风加雨，酿蜜提供蝶与蜂。
入药清寒消疾肿，养疴解毒保康宁。
天生万类均中用，选画封皮细品评。

注：蒲公英，别名黄花地丁、孛孛丁菜、仆公罂、白鼓丁、地丁、兔公英、金簪草、勃鸪英、黄花苗等。菊科多年生草本，分布我国各地，常见的野草。

含　笑

深藏绿翠觅芬芳，风送幽馨满鼻香。
缄口含羞佳丽笑，柔情默默意清扬。

注：含笑，又名含笑花，木兰科，常绿灌木，产
于广东、福建两省。

榕　树

养花二十有余年，百样经常死后添。
唯有长春榕树绿，雄浑古老卧龙蟠。

注：榕树，桑科，作观赏盆景树，为常绿小灌
木。

巴西木①

柯枝茁壮叶高悬，青翠扶摇紫盖盘。
绿化厅堂迎上客，遮拦管道替玄关②。

注：①巴西木，别名巴西铁柱、水木、香龙血
树、巴西铁等。百合科龙血树科属。原产非洲西部。我
国云南、广西、海南以及东南亚和美洲等地也有分布。
②在过道口侧摆放巴西木，既遮了空调的粗管
道，又代替了玄关（门户）。

罗汉松

迢迢千里搬罗汉，独卧金盆配彩陶。
苍翠老翁横曲干，四时烟景自逍遥。

注：罗汉松，亦称土杉，罗汉松科，常绿变种小
灌木。

石莲花

老家瓦上石莲花，翠玉雕成雨后葩。
粒粒珍珠光闪亮，新晴反射放红霞。

注：石莲花，又名莲花掌、宝石花，景天科。原产墨西哥，我国南部栽培，有野生。

南天竹

净白春花绿翠丛，夏秋果叶渐丹红。
寒冬又变江南景，四季前观乐不穷。

注：南天竹，亦名南天竺、天竺、大椿。小檗科，常绿灌木，原产我国，各地广泛栽培。

书　后

　　《凭阑集》几经修改后和大家见面了。首先感谢石理俊、郑玉伟先生在百忙中，对前期拙稿作了斧削。檀作文、曾少立等年轻诗人，从头到尾，在正文之外，就连备注都一丝不苟认真推敲修改。下功夫最大的是"百事吟"，倾注了全部精力，字斟句酌，始初步成形。其次，林从龙老师、程郁缀教授以及王德孚先生等，均给予诸多教诲。另外，在出版拙著《晚路集》时，马曜乡翁曾答应为我写序，因病住院未写成，这次刚收到新写的序时，又得知他辞世的噩耗，不胜惋恸，谨此遥寄哀思。与此同时，经多年多方联系，方与杨文翰（晓雪）同学接上头，在他的序中，使我既领受到深厚学友之情，又感悟到鞭策、鼓励和忠告之心切与可贵。借此机会，一并再次表示由衷感激。

　　诗言志，诗言心，诗言事。我虽年过古稀，毕竟属初学之辈，但骨子里矻矻自守，总想尝试用百个词牌来言百事。大反其道，无非失败，但能起前车之鉴效应，兴许是件好事。此路不通，另寻坦途。当然问题不仅于此，还有其他难料的很多缺点和遗憾，恳请批评指正。

　　新世纪，新时期，时代突飞猛进，没有必要言必之乎者也，但也无须开口ABCD，能不能少一点官腔套话，能不能走出众多误区？一个带着交替转型期时代深深烙印的人，我常自问：我的毛病、弊端和局限是什么？我努力奋斗的方向是什么？重心力避什么？在有生之年，我不可能风花雪月无病呻吟，也不能处处事事要求完美而冷嘲热讽。但对民间疾苦以及贪腐毒瘤等等，不能视而不见，毕竟我的生活圈子太狭窄了，视线短了许多。长征路上无老少，千万不能拖了时代的后腿，永远的长征，愿我投身到这个行列中来，和大家一道，迈开前进的步伐。

杨太生
2006年12月15日于京华莲花池畔